俳句技法入門

新版

飯塚書店編集部編

to compose Haiku

飯塚書店

はじめに

俳句は、わが国の歴史のなかで、庶民によって培われた伝統詩です。世界で最も短い十七音の詩形と三句構成の簡潔さと、即物的な表現にひかれて、国内はもとより、欧米でもさかんに作句されるようになりました。

俳句を作り始めると、物事をよく観察するので、ものが見えてきて生活も積極的になり、若々しく健康になります。美しい言葉を使うので、日本語を正しくする文化に貢献できます。よい事ばかりのようですが、俳句は、作るのは簡単ですが奥行きが深く、心で作る詩ですからむずかしいことも起こります。本書は俳句を作るうえで必要かつ有用な技法を説明しました。まず型を覚える方法から、リフレイン、抒情、イメージの表現方法まで新しい技法を解説しました。

例句は、解説に適する作品を引用させていただきました。改めて多謝いたします。

飯塚書店編集部

目次

第一章　俳句の基礎知識

俳句の形式

俳句は短い形で親しみやすく、誰にでもできます。

俳句は、手紙や報告文などとは違いますから、理屈を言ったり説明したりしません。文中にリズムを持って、心でうたい、美を表す伝統詩形です。リズムを持つために、俳句の形式は、五音・七音・五音の三分節からなる十七音が定型です。

五音・七音・五音の三句より構成された十七音は、世界でいちばん短く、すぐれた詩です。短くても独立した詩文章で、立派な詩文学作品です。短い詩形はおのずから凝縮して、緊張した言葉で対象をとらえる表し方を生みだしました。

俳句の形式は、和歌（短歌）から連歌《れんが》となり、俳諧連歌に受け継がれ、さらに俳諧連句から第一句（発句《ほっく》）中心となり、発句が独立して、現在の俳句になったのです。

世にふるもさらにしぐれのやどりかな　　宗《そう》　祇《ぎ》

宗祇は室町後期の連歌師。漂泊の旅に明け暮れ正風《しょうふう》連歌を確立しました。掲句は『新撰菟玖波集《しんせんつくばしゅう》』所収の連歌の発句で、芭蕉が「世にふるもさらに宗祇のやどりかな」（『虚栗』）と唱和し、蕪村が「しぐるゝや我も古人の夜に似たる」と追唱したことで知られた作品です。人の一生は雨宿りのようなものだとの句意です。「ふる」は「経《ふ》る」と「降る」の二重の意味を持つ掛詞《かけことば》。

初しぐれ猿も小蓑をほしげ也　　芭蕉

俳諧撰集『猿蓑《さるみの》』元禄四年（一六九一）刊の巻頭句。芭蕉は正保元年（一六四四）三重県上野市生、元禄七年（一六九四）没。卑俗な談林風俳諧から、閑寂幽玄の蕉風俳諧を確立して、文学的・思想的に立派な形式としました。掲句は元禄二年初冬、大和から故郷の上野へ行く山中の景です。猿を点出したのが、一句の焦点となって、詩的感動がふくらみます。

柿くへば鐘が鳴るなり法隆寺　　正岡子規

句集『獺祭書屋俳句抄上巻』明治三五年（一九〇二）所載の句。子規は慶応三年（一八六七）松山市生、明治三五年（一九〇二）没。形式的、因襲的低俗におちいっていた発句を、俳句と改め、客観写生を提唱して、独立した文学作品としました。なお俳句の革新とともに短歌の革新も成し遂げました。掲句は明治二八年（一八九五）作、「法隆寺の茶店に憩ひて」と前書があり、柿と鐘の音を取り合わせて、斑鳩《いかるが》の秋の夕暮れを清新、抒情的に表しました。

いずれも、五音・七音・五音の三分節十七音の定型で作られています。子規の「法隆寺」の歴史的かなづかいは「ほふりうじ」、現在の発音の「りゅう」の「ゅ」は拗音《ようおん》で、一音に数えません。したがって「りゅう」は二音となります。

俳句では第一句の五音を「上五《かみご》」、第二句の七音を「中七《なかしち》」、第三句の五音を「下五《しもご》」といいます。俳句がなぜ十七音かということは、先述したように俳諧連句の発句、五音・七音・五音が独立して、俳句となったからです。十七音は日本人の呼吸にあった五音・七音の音数律です。人間の発する音の一単位が音節です。日本語は、山《やま》・川《かわ》・人《ひと》・事《こと》などのように二音節が多く、これに一音の助詞や二〜四音の動詞などが加わると五音・七音になります。十七音を最初の五音で切って、後の十二音を続けて詠《よ》むか、その逆に詠むか、日本人は十二音までが無理なく一息に発音できて、前後の五音と重なって美しいリズムを作ることができるのです。

日本語はアクセントが弱く、音節の長さがほぼ同じなので音数でリズムをとります。これを音数律といいます。俳句が五音と七音を組み合わせた五・七・五の十七音を基本韻律としているのは、日本人の感性、生理呼吸と日本語の特徴に合致した美しいリズムとなるからです。西欧でもバラードやソネットなどの頭韻、脚韻を踏んだ定型詩があります。

1　この土手にのぼるべからず警視庁

2　愁ひつゝ岡にのぼれば花いばら　　　蕪　村

同じ三句十七音の形式ですが、1は俳句ではありません。岡にのぼることを禁止する警視庁の告示です。標語、コマーシャルのキャッチフレーズなど同じ五・七・五の形をとっているものが多く見られます。

2は蕪村の俳句です。望郷の念《おもい》が豊かに展開されている抒情的な作品です。1と比べて見てください、はっきり違いがわかります。

蕪村は享保元年（一七一六）大阪に生まれ、天明三年（一七八三）没。俳諧中興の祖といわれ、想像力豊かな俳諧師で画家です。

三分節十七音という形式は、短く凝集した言葉が、強く撓《しな》って詩を生みだす詩形です。定型は守るべき俳句の約束の一つです。

季語（季題）

俳句には季語（季題）があります。季語とは、四季の自然、生活、行事など、自然、人間、文化のあらゆる事物から、日本人の美意識によって選ばれたすぐれた言葉であり、詩語です。（以下本書では、季語と称します）

季語の発生は古く千年以上も前から、花・月・雪・ほととぎす・紅葉など和歌の題が作られ、連歌の季題から俳諧の季題へと受けつがれ、長い歴史のなかで、庶民の生活から詩趣のあるものが選ばれ、積み重なって、俳句の季語となったのです。俳句には、一句の中に季語を一つ入れる約束があります。

日本は四季が規則正しく移行して、気象の変化に伴い自然現象が極めて美しく変わります。また日本人は自然の美しさ、季節の美しさに感動する性質を持ち、季節に敏感な性情を有するので、一つの季語から、自然現象はもとより、人事、行事にいたるまで、さまざまの事物を思い浮かべることができます。

季語は、春、夏、秋、冬、新年の天象、地象から動植物、生活文化まで、あらゆる事物があり、俳句をつくるとき一句の中心になるものです。正岡子規は「季語の連想力によって、はじめて十七文字という短い詩の世界が、広い外界を獲得するのだ。」と言っています。俳句は季節の詩といわれていますが、季語は季節感以外にも多様な働きをします。

1　季節及び季節感を表す季語

春の海ひねもすのたりのたりかな　　蕪　村

初蝶や吾が三十の袖袂　　石田波郷

蕪村の句は、穏やかにゆれ動く春の海のリズムが、終日《ひねもす》「のたりのたり」の言葉に乗り移ったような作品。季語「春の海」によってのどかな気分と風景が現れました。波郷の句は、論語にある「三十而立」から三十歳になって、青春と俳句結社『馬酔木《あしび》』に訣別し自立しました。季語は「初蝶」春。初蝶は早春はじめて目にする蝶。独立の決意と不安が季語「初蝶」の初々《ういうい》しさと合致しています。

2　季語は事物を象徴する言葉である、といわれます。象徴とは眼に見えない形のないものを、形のあるもので示すこと。鳩が平和の象徴であるように、平和という形のないものを鳩で具体的に表す、シンボルともいいます。

菊の香や奈良には古き仏達　芭蕉
石の上に秋の鬼ゐて火を焚けり　富沢赤黄男

芭蕉句の季語は「菊」秋。奈良には東大寺を初めとして多くの寺院があり、有名な仏像があります。静かで荘厳な古都のたたずまいが、咲き薫る「菊の香」に形象されて表され、季語「菊」で奈良の秋を象徴しています。

赤黄男《かきお》句の季語は「秋」。石の上で鬼が火を焚いているという句。鬼火は葬式で出棺の際に焚く火のこと。昭和十六年、太平洋戦争に突入する寸前の作で、日本を終末に持って行く、葬送の鬼火を焚くのは何者か、と「秋」の季語が時代の息づまる暗さを象徴して鬼気迫る作品です。

3　連想のひろがる季語。暗示的な方法で連想させる季語。一部分をあげて全体を連想させる季語。想像力をふくらませる季語。

うすめても花の匂ひの葛湯かな　渡辺水巴

しぐるるや駅に西口東口　安住　敦

水巴句の季語は「葛湯《くずゆ》」冬。葛湯は、葛粉に砂糖をまぜた、ほんのりと淡い味の温かい飲み物。「花の匂ひ」は秋の七草の一つ、赤紫色の蝶形の葛の花の匂いだが、奈良県の上質な吉野葛から、吉野山の桜の花の匂いへと連想がひろがり、真冬の葛湯から春の吉野の花吹雪を暗示させます。季語「葛湯」の淡彩な効果です。

敦句の季語は「時雨《しぐれ》」冬。さっと来てさっとあがる冬の雨。ときにはしばらく降り続くこともある。東京田園調布駅の作。しぐるる駅などの表現にも情緒があるところ、西口と東口ということで、人間の哀歓の漂う惜別や、すれちがいなど、都会の憂愁が限りなく連想され、さまざまな思いが湧きあがります。季語「しぐるる」が決定的な働きをしています。

4　具象性のある季語。具象とは抽象の反対語で、具体的にものごとを表す季語。

麦秋や子を負《おひ》ながらいはし売　一　茶

夕支度春菊摘んで胡麻摺つて　草間時彦

一茶句の季語は、「麦秋」むぎあき・ばくしゅう「麦の秋」。秋という字がありますが、夏です。「いわし売（鰯売）」は秋の季語ですが、この句では、「麦の秋」が主となる季語です。「越後女旅かけて商《あきな》ひする哀《あはれ》さを」の前書があり、麦が熟する頃は梅雨前の百姓の最も忙しいとき、麦の黄熟した北国街道を「鰯めせ〜鰯めせ〜」と「泣子負《おひ》ながら」やってくる鰯売りの様子を具体的に描写しています。季語「麦秋」が信州高原の農村風景を余すところなく表出していいます。小林一茶は宝暦十三年（一七六三）長野県生、文政十年（一八二七）没の江戸末期の俳人。俳句に生活詩を開拓しました。

時彦句の季語は、「春菊《しゅんぎく》」春です。高麗菊、菊菜ともいい、南ヨーロッパ原産の芳香のある菜。「胡麻《ごま》」は秋の季語ですが、ここでは単なる物品としての言葉です。鍋ものに入れたり、おひたしにしたりする香りのよい菜ですが、今夜は和えものにしようと、春菊を摘んで胡麻をすっている。夕食の支度のひとときを、ありのままに描いて、リズミカルな句。季語「春菊」が早春の夕暮の家庭をつつましく表出して、具体的表現のなかに抒情が感じられます。

5　昔から意味の変わらない、定着している季語。

秋深き隣は何をする人ぞ　　芭蕉

行春や茶屋になりたる女人堂　川端茅舎

芭蕉句の季語は、「秋深し」秋です。深秋、秋さぶ、秋闌ける、などがあります。元禄七年（一六九四）大阪の旅宿での作。隣の部屋に人がいるのに、話し声も聞こえない。何をする人か、想像が限りなくひろがってくる。「秋深し」の季語が寂寥感をそそる。現代まで、この季語は不変で、アパートやマンション生活の孤独感、あるいは都市の隣家との疎外感を誘う。「秋深し」の季語があってこそ「隣は何をする人ぞ」が生きています。今後も意味が変わらないで用いられるでしょう。

茅舎句の季語は、「行春《ゆくはる》」春です。春行く、逝春、春尽く、春を送る、などと用いられます。「高野山にて」の前書のある句。女人堂《にょにんどう》は女子が参籠して読経や念仏をした堂。女人禁制の霊地だった高野山の境内の外にあります。昔の女人堂が今は茶店になっています。時代は変わっても「行春」は変わらず、この季語の情緒が詠嘆となって晩春の抒情をかきたてます。芭蕉の「行春を近江の人と惜しみける」元禄四年（一六九一）作から三百年も変わらない季語で、今後も生き続けるでしょう。季語には時代の変遷によって死語となったものもたくさんあります。

6　二重性のある季語。例えば「秋」は季節の秋と、人生の秋などという心情の秋と、意味に二重性があります。

土手を外れ枯野の犬となりゆけり　山口誓子

水洟や鼻の先だけ暮れ残る　芥川龍之介

誓子句の季語は、「枯野」冬です。枯野原、枯野道、枯野宿などがあります。土手から枯野へ犬が歩いて行った、という句ですが、「枯野」は荒涼とした心象風景となって作者自身が犬となり枯野を行く。自然の景としての「枯野」と、作者の心の「枯野」を季語が二重に表現しています。

龍之介句の季語は、「水洟《みづばな》」冬です。「自嘲」と前書があり、辞世の句と見られています。風邪をひいたのか、寒気に刺激されたのか水洟がでて、その水洟が鼻先に光って日が暮れてもほのかに見える。淋しくもみじめであり、同時にやるせない虚無感と絶望の気分が漂うのは、「水洟」の季語の二重性です。

季語には、その他、普遍性、共通感、凝縮する力、融合、質量感（ふくらませる）などの機能もあり、一句の中心となる言葉ですから、俳句には季語を入れる決まりがあるというより、季語を入れたほうが、すぐれた句が作れるという必然性があります。

一句のなかに、季語を二つ以上入れることを「季重なり」といいますが、中心となる季語が二つあると焦点がぼやけてしまいます。また、一句のなかに春の季語と夏の季語というように、季節の違う季語を入れることを「季違い」といって、異なる季節が詠まれているために、春の句か、夏の句か混乱を起こします。「季重なり」「季違い」はできうる限り避けたほうがよく、やむを得ず使用する場合には、一方の季語を主として、他方の季語を従とすることがはっきりとわかる使い方をすることです。

季語の入らない俳句を「無季」といいます。また意識して季語を無視する俳句もあり、季語に匹敵する詩語を用いている俳句もあります。

歳時記

俳句を作るには歳時記が必要です。

歳時記は、季節感を表す言葉を集め、解説し、例句をあげた季語の辞典です。春・夏・秋・冬・新年に分けられ、さらに時候・天文・地理・生活・行事・動物・植物に分類され、自然と文化の百科事典ともいえるものです。美しい日本語によって四季の自然、行事が説明されています。

歳時記の古いものは、和歌の題から俳諧の季題へと発展した十七世紀に、季題を整理集成した『花火草』野々口立圃著『山之井』北村季吟著などが作られました。松尾芭蕉は、北村季吟の『増《ぞう》山の井』を使用していたといわれました。『増山の井』は寛文三年（一六六三）刊の季《き》寄《よ》せ（歳時記）でのちのちまで用いられました。

俳諧が連句から発句中心に移り、季題も増えてきた十九世紀初めに曲亭馬琴は『俳諧歳時記』で季題を四季別、月順に集録、解説しました。これを増補した藍亭青藍の『俳諧歳時記栞草』は季題三四二〇余、例句も増訂して、現在の歳時記とほぼ同様のものになりました。

他に、携帯に便利な「季寄せ」があります。昔は歳時記を季寄せといいました。現在のは歳時記と同じように季語が分類されておりますが、例句が無いか、あっても少なく、おおむね小型本です。

歳時記には、実際の季節と季感に違いのある季語があります。太陽暦と太陰暦によるずれですが、俳句をつくるときは歳時記に従います。歳時記にはさまざまの言葉が載っており、読むのも大変楽しいものです。

例えは、春の季語に「山笑ふ」があります。春になると山が薄緑に明るくなることを言います。「山笑ふ」に対し冬の季語に「山眠る」があり、夏の季語に「山滴る」、秋の季語に「山粧《よそほ》ふ」があります。これは中国の山水画家の郭熙《かくき》の画論『臥遊録《がゆうろく》』の「春山淡冶《たんや》にして笑うが如く、夏山蒼翠《そうすい》にして滴るが如く、秋山明浄にして粧うが如く、冬山惨淡として眠るが如く」に由来しています。

筆取てむかへば山の笑ひけり　　蓼太

山わらふ母あるごとく胸張つて　　寺田京子

春に「蛙《かはづ》の目借時《めかりどき》」という面白い季語があります。苗代の頃から蛙がさかんに鳴きだして眠気を催す、これは蛙に目を借りられるからだとの俗説で、とくに菜の花が咲き、蛙の鳴きたてる時期をいいます。また、目借りは「媾離《めか》り」で早春、交尾と産卵をすませた蛙が土中にもぐって眠り初夏まで出て来ない、雌雄の離れている時期とも、「妻狩《めか》り」から蛙が雌を求める時期ともいいます。

水飲みてすこしさびしき目借時　能村登四郎
煙草吸ふや夜のやはらかき目借時　森　澄雄

十七音の俳句で、十七音よりも長い季語があります。「雀大水に入て蛤と為る《すずめたいすいにいりてはまぐりとなる》」秋の季語、目借時と同様に俳諧味があります。雀が晩秋の海辺に集まるところから、蛤になると考えられました。雀の羽の斑紋が蛤の斑に似ていることもあったのでしょう。中国の七十二候の九月節の第二候、新暦十月の十四日頃となります。

蛤に雀の斑《ふ》あり哀れかな　村上鬼城
一雀のひそかに海に入らむとす　相生垣瓜人

その他、春の季語「田鼠《でんそ》化して鶉《うずら》と為る」や「菜花《なのはな》蝶に化《か》す」など、春の美しい季語もあります。

鳴かない動物なのに、鳴くという季語もたくさんあります。「亀鳴く」は古くからの春の季語です。古い和歌の選集『夫木集』の「川越のをちの田中の夕闇に何ぞときけば亀の鳴くなり（藤原為家）」によったものか。春に雌を慕って雄が鳴くというが、亀に発声器官はないから鳴けないはずだが「亀の看経《かんきん》」ともいって、古の人は亀が鳴くと信じその鳴き声が経を唱えているように聞こえたとのことです。

裏がへる亀思ふべし鳴けるなり　石川桂郎
あたたかに亀看経す馬の塚　角川源義

他に、「蚯蚓《みみず》鳴く」秋の季語があり、「歌女《かじょ》鳴く」「土龍《どりょう》鳴く」ともいいます。また「蓑虫《みのむし》鳴く」も秋の季語で、「父よ父よ」と鳴くといいますが実際には鳴きません。

蓑虫の音を聞きに来よ草の庵　芭蕉

これらの季語を非科学的というのは見当はずれです。俳句は文学ですから、想像力の豊かな季語があるのは、文学性が豊かだからです。誇るべき言葉の集成です。季語は一万数千語ありますが、一人が使用するのは、五、六百語くらいです。
歳時記には大きな机上本から、地方別や、画像入りカラー本、小型のポケット本、さらには電子辞書版までありますので、スタイルに合わせて選んでください。

切れ字

俳句には「切れ字」という固有の技法があります。五音・七音・五音の三分節のいずれかの終りを、「や」「かな」「けり」などの助詞、助動詞及び体言（名詞）、活用語の終止形などにして、意味が断切される語を「切れ字」といいます。

切れ字は、形式とリズムに変化を与え、意味を断定し、俳句に大切な完結性を持っています。また短詩形ゆえに表現できないことを、断切による沈黙の間に暗示、連想させる効果と、言葉の強調、余情、詠嘆などを表す働きと、俳句に気品を添えます。

連歌師宗祇《そうぎ》は「発句切字十八之事」で、「哉《かな》」「けり」「もがな」「し」「ぞ」「か」「よ」「せ」「や」「れ」「つ」「ぬ」「へ」「す」「いかに」「じ」「け」「らむ（ん）」と切れ字を十八に整備しました。その後二十二字に増え、俳諧の時代に入って、さらに整備増加されました。

芭蕉は、「切字に用いる時は、四十八字皆切字なり。用ざる時は一字も切字なし」（去来抄）と言っています。どのような文字を使っても、この部分を切るという意志があれば、そこで切れる。と切れ字の使い方を述べています。なかでも「や」「かな」「けり」は、よく用いられる切れ字です。とくに「や」は断切感の強い、最も俳句的な切れ字です。

①第一句（上五）に「や」のある俳句

菊の香や奈良には古き仏達　芭蕉
百舌鳥鳴くや入日さし込女松原　凡兆
茶の花や白にも黄にもおぼつかな　蕪村
山焼や夜はうつくしきしなの川　一茶
五月雨や上野の山も見あきたり　正岡子規
秋風や眼中のもの皆俳句　高濱虚子
降る雪や玉のごとくにランプ拭く　飯田蛇笏
啄木鳥《きつつき》や落葉をいそぐ牧の木々　水原秋櫻子

いずれの俳句も季語に「や」が付いて区切れています。第二句（中七）と第三句（下五）が続いて、蕪村句のように季語を修飾（説明）しているが、芭蕉句のように季語と関わりなく、下五の名詞「仏達」を中七「奈良には古き」で説明しています。第三章の作り方のところで後述しますが、俳句の一つのパターンです。

②第二句（中七）に「や」のある俳句

草臥《くたびれ》て宿かる比《ころ》や藤の花　芭蕉
春惜しむ宿やあふみの置火燵《おきごたつ》　蕪村
僧になる子のうつくしやけしの花　一茶
一つ根に離れ浮く葉や春の水　高濱虚子
花衣ぬぐやまつはる紐いろ〳〵　杉田久女
高芦に打ち込む波や青嵐　臼田亜浪
さかりとて寂かに照や水引草　渡辺水巴
どんよりと利尻の富士や鰊《にしん》群来《くき》　山口誓子
校塔に鳩多き日や卒業す　中村草田男

中七の「や」の切れ字は、上五の「や」ほど強い断切感やリズムはないが、より抒情的で、下五の季語を鮮明にしています。蕪村句や久女句は、中七の真ん中に「や」を置いて、憂愁感や、華やかさを感じさせる、屈折したリズムを生みだしています。中七の「や」は上五の「や」

ほど使用されていませんが、作句法の一つとして身に付けておきましょう。

③第三句（下五）に「や」のある俳句

夏の月御油より出でて赤坂や　芭蕉
洗足《せんそく》の盥《たらひ》も漏りてゆく春や　蕪村
足枕《あしまくら》手枕鹿のむつましや　一茶
梨食《た》うぶ雨後の港のあきらかや　中村汀女
端居して濁世なかなかおもしろや　阿波野青畝
本を積み庭草高く露けしや　山口青邨
限りなく降る雪何をもたらすや　西東三鬼
啄木忌いくたび職を替えてもや　安住敦

下五に「や」を用いる例はあまり多くありません。上五、中七の「や」にくらべると詠嘆や響きが強くないようです。現在はあまり使われておりません。

「や」の切れ字には詠嘆、断切などの他に反復、疑問、命令、呼びかけの働きがあります。

◎「かな」は、「や」と同様に感動を表す助詞ですが、俳句らしい特色のある切れ字です。強い断定と完了、沈黙と省略の働きがあり、一句全体の感動を支えます。

野ざらしを心に風のしむ身哉　芭蕉
さくらより桃にしたしき小家哉　蕪村
雪とけてクリ〳〵したる月よ哉　一茶
鮟鱇もわが身の業《ごう》も煮ゆるかな　久保田万太郎
葛城の山懐《ふところ》に寝釈迦かな　阿波野青畝
鍛冶の火を浴びて四葩《よひら》の静かかな　富安風生
みちのくのつたなきさがの案山子かな　山口青邨
白露に鏡のごとき御空かな　川端茅舎
物の芽のほぐれほぐるる朝寝かな　松本たかし
紺絣春月重く出でしかな　飯田龍太

いずれの句も余韻を保ちながら、きっぱりと言い切って、一句を完結しています。風生句の「四葩」は紫陽花の異名です。

◎「けり」は、「きあり」がつまって「けり」になった過去回想の助動詞です。ものごとの現象に驚いたり、新しい発見をした場合に、詠嘆、回想の切れ字として使います。また決断、省略にも用います。文末に置いて一句を引き締める役割を果たします。

道のべの木槿《むくげ》は馬にくはれけり　芭蕉
葱買て枯木の中を帰りけり　蕪村
大根《だいこ》引き大根で道を教へけり　一茶
いくたびも雪の深さを尋ねけり　正岡子規
流れたる花屋の水の氷りけり　河東碧梧桐
都鳥とんで一字を画きけり　高濱虚子
老鷹の芋で飼はれて死に、けり　村上鬼城
くろがねの秋の風鈴鳴りにけり　飯田蛇笏
蔓《つる》踏んで一山の露動きけり　原石鼎
曼珠沙華消えたる茎のならびけり　後藤夜半
大仏の冬日は山に移りけり　星野立子
摘草の人また立ちて歩きけり　高野素十

以上は「けり」を文末に置いた秀句ばかりです。「くはれ」「帰り」「つゞき」など動詞の連用形に付いて感動と詠嘆を表して完結しております。さらに動詞連用形に助動詞の「に」が付いてさらに「けり」が付くと詠嘆が強まり、強い決断を示します。「たりけり」「なりけり」はより強い感動を表します。

◎終助詞「よ」も最近よく使われるようになりました。現代的な内容を表現する場合に「や」より「よ」の方がふさわしいようです。

つと入《いり》や納戸《なんど》の暖簾《のれん》ゆかしさよ　蕪村
雪ふるよ障子の穴を見てあれば　正岡子規
寒燈の一つ一つよ国敗れ　西東三鬼
伊勢ゑびにしろがねの刃のすゞしさよ　日野草城
幹のうしろに暗き幹立つ筒鳥よ　加藤楸邨
乳房にああ満月の重たさよ　富沢赤黄男
毛《もう》越《つう》寺飯《いい》に蠅くる嬉しさよ　金子兜太

子規句は「上五」に、三鬼の句は「中七」に、あとの句は「下五」に「よ」の切れ字が付いて、感動と詠嘆を表わします。蕪村句の「つと入」は、伊勢地方で七月十六日に無断でよその家に入り、秘蔵の器財や女性を見ることを許される風習のことです。

有る程の菊抛《な》げ入れよ棺《かん》の中　夏目漱石
外《と》にも出よ触るるばかりに春の月　中村汀女

右の二つの句の「よ」は、動詞「入る」「出る」の命令形に付いて命令・希望を表します。

◎その他、よく用いられる「切れ字」を例句とともにあげてみましょう。

「か」を用いた俳句

青蛙おのれもペンキぬりたてか　芥川龍之介
街の雨鶯餅がもう出たか　富安風生
夏手袋に芯となる手のしあわせか　寺田京子

終助詞「か」は疑問・感動を表しますが、龍之介、風生句は疑問よりも感動を表しています。

「き」を用いた俳句

海市遠く辺波《へなみ》はしじに白かりき　暁水

鞆の津の沖ゆく帆あり明易き　水原秋櫻子

妹の嫁ぎて四月永かりき　中村草田男

木の芽和へ女たのしむ事多き　及川貞

石の上春の霰の鮮しき　草間時彦

青葦の葉ずれけふ生きけふ老いき　千代田葛彦

暁水、草田男、葛彦句の「き」は過去の助動詞。他は形容詞「明易し」「多し」「鮮《あたら》し」の連体形止めです。葛彦句の中七「生き」は動詞連用形で止める中止法です。

「に」を用いた俳句

子規逝くや十七日の月明に　高濱虚子

せりせりと薄氷《うすらひ》杖のなすままに　山口誓子

乳母車夏の怒濤によこむきに　橋本多佳子

珈琲濃しけふ落第の少女子《をとめご》に　石田波郷
やはらかき芹の畦踏み酒買ひに　沢木欣一
何ほども蓬摘めずに一歳妻　鷹羽狩行

「ぬ」を用いた俳句

山の湯のランプの燈火親しみぬ　富安風生
プラタナス夜もみどりなる夏は来ぬ　石田波郷
年寄りし姉妹となりぬ菊枕　星野立子

「の」を用いた俳句

春眠のこの家つつみし驟雨かな　星野立子
観潮のふなばた摑むをんなの手　稲垣きくの
剪定の一人の鋏音を立て　深見けん二

上五に用いた格助詞「の」の切れ字は、そこのところで休止することを表します。

「し」を用いた俳句

白妙の菊の枕を縫ひ上げし　杉田久女
玉の如き小春日和を授かりし　松本たかし
海に出て木枯帰るところなし　山口誓子
七夕竹惜命《しゃくみょう》の文字隠れなし　石田波郷
暗中に聴きえし寝息あたたかし　加藤楸邨

久女、たかし句は過去の助動詞「き」の連体形「し」で終止して詠嘆・余情を表しています。誓子、楸邨、波郷句は形容詞の終止形です。

「も」を用いた俳句

柿くふも今年ばかりと思ひけり　正岡子規
山近きけはひは夜の飛雪にも　富安風生
炎天に怒りおさへてまた老うも　大野林火
花菜漬酔ひて夜の箸あやまつも　小林康治

子規、風生句の「も」は係助詞。林火、康治句の「も」は終助詞です。

「つつ」を用いた俳句

なつかしき京の底冷え覚えつつ　高濱虚子
夢色の雛のあられと膨れつつ　石塚友二
春の水光琳模様ゐがきつつ　上村占魚

「ごとく」を用いた俳句

雪降れり時間の束の降るごとく　石田波郷
雛の夜の燭にむかしのあるごとく　長谷川素逝
冬ふかむ父情の深みゆくごとく　飯田龍太

「なり」を用いた俳句

古寺の古文書もなく長閑なり　高濱虚子
油売麻蒔き居れば来るなり　松瀬青々

斑雪山《はだれやま》半月の黄を被るなり　大野林火

虚子句「長閑なり」は形容動詞の終止形、他は断定の助動詞「なり」です。

「たり」を用いた俳句

窓くらく春霰とばす雲出たり　富安風生

いつ寝しや病閑春愁相似たり　大野林火

「あり」を用いた俳句

立雛の面輪匂ひて眉目あり　水原秋櫻子

うすうすとわが春愁に飢もあり　能村登四郎

これ以外にも、よく使用される切れ字に「な」「つ」「て」「と」「をり」「べし」「ず」「り」などがあります。

「や」「かな」「けり」などの強い断切とリズムを持っている切れ字の併用は禁忌となっており、初心者は使用しないことです。

霜柱俳句は切字響きけり　石田波郷

季語は霜柱で冬。霜柱で句切れて、「けり」の切れ字が響き、一句全体に響いて感動をもたらします。波郷が新興俳句に反発して古典を見直し、「古典と競い立つ」心が響いています。切れ字は俳句を形づくり、短詩形の俳句の欠点を補う働きがある大切な技法ですから、注意して慎重に扱う必要があります、

句切れ

十七音定型の俳句の中で、五音・七音・五音のうち、切れ字を使って断切（休止）することを、句切れといいます。俳句特有の技法です。

句切れには、意味の上での断切と、リズムの上での断切があり、句切れの間に、言外の事象を暗示、想像させます。句切れによって分けられた二つの部分の意味が触れ合い、言葉の相乗効果によって深みのある詩的空間が生じます。また、言葉（もの）と言葉（もの）の取り合わ

せ（二物衝撃）により、全く新しいイメージ（もの）がつくられます。

(1) 二句一章

俳句の句切れには、

A　一句が上五（五音）で切れて、中七（七音）・下五（五音）と続く五音・十二音の初句切れ。

B　上五・中七と続く十二音で切れて、下五にいたる十二音・五音の二句切れ。

このA形とB形があります。二つとも、一句に一ヵ所切れているこの形を二句一章といい、大正三年、大須賀乙字が称えたものです。一句に一ヵ所切れるのが、句意鮮明に、快いリズムを生みだすとされています。日本人の読み下す一気息がほぼ十二音であるからです。

この道や／ゆく人なしに秋の暮　芭蕉
秋風や／白木の弓に弦はらん　去来
菜の花や／月は東に日は西に　蕪村
蟬なくや／つくづく赤い風車　一茶

北風や／石を敷きたるロシヤ町　高濱虛子

残雪や／ごう〳〵と吹く松の風　村上鬼城

芋の露／連山影を正《ただし》うす　飯田蛇笏

夏河を越すうれしさよ／手に草履　蕪村

雪の上に魂なき熊や／神事すむ　山口誓子

よろこびはかなしみに似し／冬牡丹　山口青邨

ひつぱれる糸まつすぐや／甲虫　高野素十

燭の火を煙草火としつ／チエホフ忌　中村草田男

合歓《ねむ》いまはねむり合はすや／熱の中　石田波郷

雪国は黒瞳《くろめ》せめぐや／夜の国　森澄雄

鈴に入る玉こそよけれ／春のくれ　三橋敏雄

右は二句一章の秀句で、俳句の標準形として、安定感があり、リズムもよく整っています。

(2) 一句一章

一句一章は、句切れがなく、十七音を一息に詠み切っているので、句柄が大きく、迫力があり、強い断定となっています。

桐一葉日当りながら落ちにけり　高濱虚子
念力のゆるめば死ぬる大暑かな　村上鬼城
くろがねの秋の風鈴鳴りにけり　飯田蛇笏
冬菊のまとふはおのがひかりのみ　水原秋櫻子
まさをなる空よりしだれざくらかな　富安風生
しづかなる力満ちゆき蝗虫《ばった》とぶ　加藤楸邨

右は句切れのない一句一章のきっぱりとした秀句で、一本の線が一句を通っている作品ばかりです。一句一章は初心者には、作句がむずかしいので、対象がすばらしく、調子のよいとき以外は避けたほうが賢明です。

(3)　二段切れ

一句の中に「や」「かな」「けり」の切れ字が二つあるものや、体言（名詞）を含む切れ字が二つあるものを、二段切れといいますが、切れ字の併用は禁忌となっています。

「や」「かな」「けり」の切れ字は、強いリズムで感動を表現して断切し、句の中心となり、統一点となりますから、一句中に二ヶ所も使うと、中心点が分裂して、リズムも生硬になり、俳句としてまとまらなくなりますので極力避けることです。文法上の終止形を二ヶ所に用いることも、句の全体の形がくずれてしまいますから、注意しなければなりません。

夕がほや／秋はいろ〳〵の瓢《ふくべ》かな／　芭　蕉
奥山や／秋はと問へば薄《すすき》かな／　正岡子規
降る雪や／明治は遠くなりにけり／　中村草田男
花冷や／尼僧生活や丶派手に／　飯田蛇笏

芭蕉句と子規句は「や・かな」を併用した二段切れで、よい句とは言いがたい。草田男句も「や・けり」を併用した二段切れですが成功しためずらしい句です。「降る雪や」の「や」の切れ字の感動と詠嘆の余韻が、「明治は遠く」に響いて新たに感動を呼び起こし、余分な叙述を省略した「にけり」の強い切れ字によって余情を引き出しています。

蛇笏句は、二段切れでも、一ヶ所に強い「や」の切れ字を置き、「派手に」を連用形で切っているので、安定感があります。連体形でも同じ効果があります。

万緑の中や／吾子の歯生え初むる／　中村草田男

一本の鉄路／蟋蟀《こおろぎ》なきわかる／　山口誓子

右の二句は、中七の途中で切れている、中間切れの二段切れです。この場合も一方に強く、一方に弱い句切れを置いて均衡を保っています。両方とも句切れによって詩情を引き出しています。草田男は、この句によって「萬緑《ばんりょく》」という新しい季語を作りました。

中間切れには、上五の中間で切れる句、下五の中間で切れる句もあります。

死や／霜の六尺の土あれば足る／　加藤楸邨

算術の少年しのび泣けり／夏／　西東三鬼

いずれも句切れによって屈折した詩情を表現した秀句です。初心者には難しい技法です。

(4) 三段切れ

一句の中で、三ヶ所断切のある句を三段切れといいます。名詞で切れているものを三段切れ、名詞以外のもので切れているものを三句切れともいいます。

三段切れは意味もリズムも三つに分かれ、中心が三ヶ所になり、一句としてのまとまりがなくなってしまうので、初心者は原則として避けたほうが無難です。

目には青葉／山ほと丶ぎす／初鰹／　素堂
奈良七重／七堂伽藍／八重ざくら／　芭蕉

両句とも三段切れの有名な句です。素堂句は夏の季語を三つ重ね、「には」の助詞以外は全部名詞で作られており、特に「初鰹」が新鮮な季語で、弾むようなリズムで初夏の季節を表しています。芭蕉句は全部名詞（体言）で切れて、「な音」を踏み、視覚的にも七を置き、下五で「八重ざくら」と、のびやかなリズムで重層感のある、晩春の古都の風情を詠んで成功しています。

子どもらよ／昼顔咲《さき》ぬ／瓜むかん／　芭　蕉
柳ちり／清水かれ／石ところどころ／　蕪　村
初蝶来《く》／何色と問ふ／黄と答ふ／　高濱虚子

いずれも三句切れの句です。芭蕉句はメルヘン調で、子供たちへ呼びかけて、心あたたかい作品。蕪村句は、西行や芭蕉で有名な遊行柳で詠んだもの。中国の詩人蘇東坡の作品「後赤壁賦」の「山高ク日小ニ水落チ石出ズ」を念頭に、西行と芭蕉ら漂泊の詩人を偲んだ作品。虚子句は、敗戦翌年、長かった冬と戦争が終って、春がきた喜びが問答形式に溢れています。芭蕉の呼びかけ、先人を追慕する蕪村の呟くような調べ、虚子の問答形式、それぞれ三句切れを融合させる努力がはらわれております。

三井寺や／日は午にせまる／若楓／　蕪　村
軽き太陽／玉解く芭蕉／呱々の声／　中村草田男
雲幾重／風樹幾群／秋ふかむ／　石田波郷

蕪村句は、琵琶湖の南部にある、近江八景の一つで「三井の晩鐘」として有名な三井寺の伽藍と「日は午《ご》にせまる」の時間を取り合わせ、若楓が堂塔の空間と時間を結ぶ役割を果たして、三句切れの秀句となっています。

草田男句は、呱々《ここ》の声をあげる誕生を、まだそれほど強烈な光を放っていない太陽とこれから葉を広げる芭蕉の葉によって、赤ん坊の未来を明るくイメージさせます。

波郷句は、雲は低く重なり木々が風に騒いでいる。いつになったら一本立ちして親孝行が出来るだろうかと深まる秋に心淋しくしている。幾重、幾群と「い音」を重ね、三句切れによって複雑な心境を表現しています。

破調

(1) 字余り（字足らず）

俳句は、五・七・五の三分節、十七音を定型としますが、五音・七音・五音のいずれかが、何音か多いのを字余り、何音か少ないのを字足らずといい破調です。

詩的内容またはリズム上で、定型に収まらない句が生まれますが、あくまで五・七・五音に基づくリズムをくずさずに、字余りにならぬよう心がけることです。

旅に病んで夢は枯野をかけ廻る　芭蕉

上五が「旅に病んで」と六音の字余りです。「病中吟」の前書があり、「夢は枯野をかけめぐる」は旅に執心する芭蕉らしい。「病んで」の句切れの間に詠嘆が感じられます。悲しみと無念の思いが滲んでいます。旅の詩人の最期にふさわしい絶筆です。

月天心貧しき町を通りけり　蕪村

上五の「月天心《つきてんしん》」が六音で字余りです。「月天心」は中国の邵雍《しょうよう》の漢詩「清夜吟」の「月天心ニ到ル処　風水面ニ来ル時」から。月が天の真中（頭上）にかかるとき、寝静まった貧しい町を通り過ぎた。月の名所や、大廈高楼の上の月ではなく、貧しい家並みを照らしている月を詠んで、なおかつ「月天心」の字余りに余情が流れます。

日は日暮れよ夜は夜明けよと啼く蛙　蕪村

上五「日は日暮れよ」が六音の字余りです。「ひ音」が二つ、「よ音」が四つ、「く音」が二つと同音を繰り返して、日暮れよ、夜明けよと昼夜鳴き続ける蛙の、のどかな声が響きます。

字余りが効果的に働いています。

芭蕉野分して盥に雨を聞夜哉　芭蕉

上五が「芭蕉野分《のわき》して」の八音で大きな字余りです。「茅舎ノ感」の前書があり、江戸深川庵の作。野分の風雨に芭蕉の葉も茎も揺らいでいる、庵の雨漏りの盥《たらい》に落ちる音を聞いている、侘び住まいの句。蕉風樹立前の作品です。芭蕉三十八歳、この句を詠んでより芭蕉の翁と名声があがったと言われます。

兎も片耳垂るる大暑かな　芥川龍之介

上五の「兎《うさぎ》も」が四字の字足らずです。当初は「小兎も」だったのですが、「小」は無駄な言葉だという指摘を受け入れ、外したようです。「片耳垂るる」にうだるような土用の酷暑が感じられ、鋭い感覚の作品ですが、龍之介も後に言い訳のように「破調」と前書を入れたくらいで、句としてのリズムは不安定です。

以上、上五の字余り、字足らずですが、上五の字余りは、中七・下五へと続く作句過程で、比較的容易に解消されやすいが、頭が重くなるので下五をしっかりと結びたい。字余りは五・

七・五の各分節とも八音までは許されるといいます。

しら梅に明る夜ばかりとなりにけり　　蕪　村

中七の「明《あく》る夜《よ》ばかりと」が八音の字余りです。蕪村辞世の句。「明る夜ばかり」に「と」を添えて強調しています。白梅の咲く季節になった、これからは明るい夜明けばかりだと爽やかに詠んでいます。

山の色釣り上げし鮎に動くかな　　原　石鼎

中七の「釣り上げし」が八音の字余りです。鮎は美しく繊細な姿ですが、鋭い引きで釣味がよく、夏川の女王と称され、かぐわしい匂いで香魚ともいわれます。釣り上げた鮎に、深吉野の山の緑が映えて躍動する一瞬をとらえた句。下五の「動くかな」の切れ字が働いて、字余りを感じさせません。吉野川上流の鮎釣りの作品。

中七の字余りは、余程の作家でも失敗することが多いので、初心者は避けた方がよいでしょう。

ねむりても旅の花火の胸にひらく　　大野林火

下五の「胸にひらく」が六音の字余りです。旅先で見た花火の華やかなきらめきが、眠っても胸底深く映っている。夜空に浮かぶ花火そのものでなく、後になってそのときの感動を、胸にひらくと詠んで余情を表現しています。

稲穂いま乳こもり来し撓ひにあり　篠原　梵

稲の花が咲いて、実が入り始めると乳がたまり、だんだんと固くなり、噛むと乳のような白い汁がでる。深まりゆく秋を、稲の穂に託した句です。下五の「撓《しな》ひにあり」が六音の字余りで、たわわに撓っている稲穂の様子を強調しています。

片蔭をうなだれてゆくたのしさあり　西垣　脩

下五の「たのしさあり」が六音の字余りです。炎天下のアスファルトの溶けるような酷暑に、建物などの片蔭に入ると、ほっとするものですが、片蔭を「うなだれてゆく」と心の陰りを表し、続いて「たのしさあり」と字余りで心理の屈折をいう、アイロニーの作品。

下五の字余りには、重い響きがありますが、六音か多くても七音どまりにする方が賢明です。

虹を吐いてひらかんとする牡丹哉　　蕪村
露人ワシコフ叫びて石榴打ち落す　　西東三鬼
厚餡割ればシクと音して雲の峰　　中村草田男
浮浪児昼寝す「なんでもいいや知らねいやい」　　〃
束ねて投げまた刈るごぼりと田かんじき　　古沢太穂

蕪村句は上五が字余りです。牡丹の開花する様子を「虹を吐いて」とダイナミックに詠っています。三鬼句は上五が七音の字余りですが、中七・下五の強い調子で字余りを感じさせません。草田男一句目は、上五が字余りですが、中七の「シク」の擬音語と下五の季語で宇宙的なひろがりのある作品となっています。二句目は全部で二十二音になる大きな字余りですが「　」内を会話体で表して、定型のリズムは崩していません。八音・十四音に読めます。太穂句は、六音・八音・五音の字余りですが、農作業のリズムにあわせて詠まれていて、朗誦すると字余りを感じさせません。

五句とも字余りの有名な作品です。字余りは、作者の詩心によって必然的に出来るものです。定型の基礎をしっかりと身に付けている練達の作家は、表現上、字余り（字足らず）になることがあっても定型のリズムの基調を崩すことはありません。

俳句の定型は、日本語の生理上、最も安定した言葉とリズムの均衡を保つ構造です。初心者は字余り、字足らずを起こさないように注意して、音数と分節が一致するよう定型を守ることです。

(2) 句またがり

五音・七音・五音の三分節、十七音中に他の分節にまたがって、一つの意味を表す場合があり、これを「句またがり」といいます。字余りとともに破調ですが、最近は一字位の字余りも、句またがりも気にとめない傾向があります。

瘦馬のあはれ機嫌や秋高し　　村上鬼城

上五の「瘦馬の」が中七にまたがって「瘦馬のあはれ」と一つのまとまった意味を表しているため、意味の上では八・四・五音となり、五・七・五音のリズムで読むと、句またがりとなります。天高く馬肥ゆる秋に、瘦馬も機嫌よくいなないている哀しさを、自分の境涯と比べて屈折した心を表しています。

空は太初の青さ妻より林檎受く　　中村草田男

空襲で焼けだされ、勤務先の学校の寮の一室に、家族とともに生活していたときの作、意味の上では、上五から中七にかけて十音の句またがりでしかも字余りですが、リズムは保っています。

東京は空襲で廃墟となって、闇市でもなければリンゴなどは見られなかった敗戦の翌年、妻からリンゴを貰い、「空は太初の青さ」と感動している。瑞々しいナイーブな感受性です。

螢火を頒つ宝石を頒つごと　　福田蓼汀

八音と十音の句またがりです。川も湖も汚染され蛍の住むところはなくなりました。最近は観光資源としての飼育がされています。大きくて美しい源氏蛍を、両手で丁寧に囲んで分けてやった、「宝石を頒《わか》つごと」の比喩で、青い蛍火が指の隙間から見えるようです。

地の涯に倖せありと来しが雪　　細谷源二

十七音句ですが、上五から中七、下五へかけて十五音・二音の大きな句またがりです。空襲で焼けだされた東京から、北海道へ開拓民として移住した。幸を求めてやって来た泥炭地は、すべて雪の中。厳しい北海道の冬に落胆しながらも、苦難な開拓生活に立ち向かう気力が感じられます。

夏至といふ寂しさはきはまりなき日かな　轡田　進

上五と中七、中七と下五が続いて、句またがりです。夏至は、六月二十一日ごろの昼が最も長く、夜が最も短い、太陽が夏至点に達する日。なかなか日が暮れない明るい日なので、かえって寂しさを感じる、人間の複雑な感情を表しています。

業苦呼起す未明の風鈴は　石田波郷

上五から中七の半ばまで「業苦《ごふく》呼起す」が八音。中七の半ばから下五までが九音の句またがりです。明け方に鳴る風鈴の音に目覚めて、手術後の胸の痛みを呼び起こされた。美しい音色の風鈴が仇になった、長い闘病生活の苦痛がにじみます。

海暮れて鴨の声ほのかに白し　芭　蕉

炎天の遠き帆やわがこころの帆　山口誓子

ゆくもまたかへるも祇園囃子の中　橋本多佳子

木の葉ふりやまずいそぐないそぐなよ　加藤楸邨

田螺容れるほどに洗面器が古りし　加倉井秋を

いずれも句またがりの秀句です。句またがりのリズムの屈折が心の屈折を表しています。詩心によって自然に句またがりの文体になったものでしょうが、定型韻律の基調の上に、イメージが明らかです。

字余りや句またがりは、詩因を生かすために選ばれる方法で、俳句にリズムやアクセントの変化、語の強調などを生じ、その部分を印象づける効果があります。また心の屈折や心理的表現に適していますが、初心者は、字余り、句またがりは避けて、分節の切れ目と、意味の切れ目が一致するように努めるべきです。

第二章　俳句に使う言葉

漢語と大和言葉

漢語とは「あめつち」を「天地《てんち》」というように、和語に漢字を当てたもの、中国から伝来した漢文をもとにして音読したもの。これら以外にも漢字を組み合わせた熟語（和製漢語）は数多く作られています。少ない文字で一定の意味を表し、語調が強いために、句意を深めたり、韻律に変化を与えたり、俳句では多く使われます。

寝たる萩や容顔無礼花の顔　芭蕉
随意随意や竹の都のはつ雀　路通
沈丁花生死の境に薫じけり　渡辺水巴
若者が寒夜香強き含嗽す　細見綾子

芭蕉句の「容顔《ようがん》」は顔つき、大和言葉では「かんばせ」といいます。路通句の「随意《ずいい》」は意のまま。「随意随意や」と元旦の明るい雀のさえずりを表現しています。水巴句の「薫」は漢語名詞でもとは植物の種類です。沈丁花の強い香りが生死にかかわる局面を彷彿させ、「薫《くん》じ」と硬い表現にしています。綾子句は嗽《うがい》を「含嗽《がんそう》」と漢語にして季語の「寒夜《かんや》」に呼応させ、カ・ガ行音を多用して力強いリズムを生み出しています。

俳句に用いられている漢語をいくつかあげてみます。

威儀《ゐぎ》　雨意　佶屈《きつくつ》　仰臥《ぎやうぐわ》　光陰　紅潮　骨立《こつりつ》　錯落《さくらく》　叱咤　酒肆《しゆし》　朱唇　塵労《ぢんらう》　息災
天日　怒濤　微光　飛翔　病間　無菜《ぶさい》　蓬髪　凡夫　無筆　明暗　揶揄　遊漁　陋巷《ろうかう》

骨立は痩せて骨と皮ばかり、塵労はわずらわしい苦労、陋巷はむさくるしい町のことです。酒肆の「肆《し》」は店のことですから酒屋で、書肆は本屋です。このように、「影」は魚影や花影、「声」は泉声や渓声、「語」は人語や耳語《じご》などと、いろいろな単語を複合させて多彩な漢語が使用されています。また大和言葉の「おしめり」を句柄により、甘雨、慈雨、膏雨、と使い分けします。

佶屈、紅潮、叱咤、飛翔、揶揄などは、水巴句の「薫ず」綾子句の「含嗽す」のように、動詞の「す」を複合して用いられます。

芭蕉句の「容顔無礼」の「無礼」や、路通句の「随意随意」のように、物事のようす、状態などを表す漢語として次のような語が多く用いられます。

鬱々　峨《が》々　赫奕《かくえき》　戛然《かつぜん》　巍《ぎ》々　珊《さん》々　寂　洒《しゃ》々　蕭条《しょう》　蒼茫　団々　遅々　亭々
的皪《てきれき》　洞然《とうぜん》　漠　渺《べうべう》々　無恙《ぶやう》　紛々　茫　模湖　磊《らい》々　繚乱　淋漓《りんり》　累々　玲々　麗々

さらに、次の句の「しんじつ」のように、「白し」をまことに白い、薄明のようだと説明する漢語の用法があります。

かなしみはしんじつ白し夕遍路　　**野見山朱鳥**

遮二無二《しゃにむに》、須臾《しゅゆ》、なども同じ用法の漢語です。

大和言葉は和歌に用いられた日本固有の和語です。とくに雅言《がげん》、雅語《がご》といわれる奈良・平安時代の言葉は美しいひびきがあります。

はしきよし妹背並びぬ木彫り雛　　**水原秋櫻子**

潮　の　香　や　籬　々　の　花　葵　　**篠田悌二郎**

息の根にふれて朝餉の蕗の薹《たう》　細見綾子

右の俳句はすべて和語から成り立っています。「はしきよし」はああかわいらしいことよ、の感動詞。「妹背《いもせ》」は夫婦、めおと。「籬《まがき》」は柴、竹などで目を粗く編んだ垣。「息の根」はいのち、呼吸のもとです。秋櫻子は大和言葉を用いて俳句の可能性をひろげた俳人です。

俳句に用いられている名詞に属する主な和語をあげます。平仮名と（　）内に漢字を記します。

あがた（県）　あかとき（暁）　あぎと（顎）　あなうら（蹠）　いかづち（雷）　いしだたみ（甃）　いしぶみ（碑）　いにしへ（古）　いへづと（家苞）　うから（親族）　うつしよ（現世）　えにし（縁）　おくつき（奥津城）　おとがひ（頤）　おばしま（欄）　かうべ（頭）　かち（徒歩）　かはたれ（彼は誰）　かひ（峡）　かひな（腕）　かめ（瓶）　きざはし（階）　きぞ（昨）　くが（陸）　くりや（厨）　け（笥）　げ（餉）　さが（性）　そがひ（背向）　そば（岨）　そびら（背）　たつき（方便）　つむり（頭）　なゐ（地震）　にはたづみ（行潦）　はだへ（膚）　まどゐ（円居）　まなかひ（目交）　まみ（目見）　まらうど（客）　みめ（眉目）　むくろ（骸）　よすが（縁）　よも（四方）　わた（海）　わらんべ（童）

鳴る幟あげつらふ児の顔並めて　飛鳥田孋無公
松籟にまどろむもある遍路かな　芝不器男

「あげつらふ」（論ふ）は良し悪しを言いたてる。「並《な》めて」は並べて。「まどろむ」（微睡む）はとろとろ眠ることです。これらは動詞に属する和語です。次にその主な和語をあげます。

侮《あなど》る　煽《あふ》つ　天降《あも》る　落《あ》ゆ　厭《いと》ふ　移ろふ　疎《うと》む　訪《おとな》ふ　御座《おは》す　生《お》ふ　思《おぼ》す　炊《かし》ぐ　被《かづ》く　朽《く》つ　崩《く》ゆ　転《こか》す　毀《こぼ》つ　苛《さいな》む　流離《さすら》ふ　寂《さ》ぶ　退《しさ》る　荒《すさ》ぶ　跼《せぐくま》る　足《た》らふ　迸《とばし》る　撫《な》づ　恥づ　食《は》む　販《ひさ》ぐ　拉《ひし》ぐ　臥《ふ》す　ふためく　見そなはす　愛《め》づ　わづらふ　侘《わ》ぶ

上へ〳〵と重なりまろし春の山　富安風生
黴《かび》の香のそこはかとなくある日かな　吉岡禅寺洞
らんちゅうの日々すこやかにみゆる哉　瀧井孝作

「まろし」は円い、ふっくら。「そこはかとなく」はどことなく、何となく。「すこやかに」

は元気、生き生き。これらは物事のようす、状態などをあらわす形容詞や形容動詞に属する和語です。次に主なものをあげます。

浅まし　寝穢《いぎたな》し　忙《いそが》はし　甚《いた》し　いはけなし　憂し　現《うつつ》無し　隈無し　気疎《けうと》し　言痛《こちた》し
詮《せん》無し　疾《と》し　紛はし　易し　由無し　埒《らち》も無し
あえか　あからさま　あはれ　いたいけ　きはやか　けざやか　細やか　たわ　たをやか
つれづれ　ねもごろ　僅《はつ》か　ふくよか　安らか

鶏頭は次第におのがじし立てり　細見綾子
沈む日のたまゆら青し落穂狩　芝不器男

「おのがじし」（己がじし）はそれぞれ。それぞれに起き上がった、と「立てり」の状態を詳しく述べて修飾します。「たまゆら」（玉響）はかすかに、また、ほんのしばらく。不器男句の「たまゆら」は、かすかに青いと「青し」の程度を述べて修飾します。これらは副詞に属する和語です。主な語をあげます。

数多《あまた》　愈《いよよ》　転《うたた》　日日並《かがな》べて　しとど　そこはかと　などて　はつはつ　終日《ひねもす》　ふと　夙《まだき》

大和言葉に助詞の「の」「て」「に」「や」など、助動詞の「なり」「けり」などを付けて、十七音に成り立たせた俳句には、こまやかで気持ちのよい韻律が生じます。

名詞の使い方

(1)　普通名詞

物事の名称を表すのに用いて「俳句は名詞」といわれるほど大切な言葉です。人、猫、花、家、心、神、深さ、美しさ、などが普通名詞です。

山里や軒の菖蒲に雲ゆきき　高浜虚子
うち向ふ谷に藤咲くゆあみかな　水原秋櫻子

虚子句の「ゆきき」は「往き」と「来《く》」の複合名詞。秋櫻子句の「ゆあみ」は「湯」と「浴み」の複合名詞です。俳句ではこのような複合語の名詞がよく使われます。

枯山を断つ崩え跡や夕立雲　芝不器男
柚《ゆ》の花の降ってくる朝炊ぎかな　飛鳥田孋無公

「崩え跡」は「崩《く》え」と「跡《あと》」の複合名詞。山の土や岩がくずれた跡のことです。「朝炊ぎ」は「朝」と「炊《かし》ぎ」の複合名詞、朝の炊事のことです。俳句では多くの複合名詞が作者によって独創されています。

青葉隠れ　空呼《からよび》　強薬《こは》　孕穂《はらみ》　広額　細葉　円葉《まろ》　水際《みぎは》明り　痩藪　破扇《やれ》　湯好き

これらは複合名詞です。日本語の健全な発展のために、美しい名詞を創りだすのも俳句作者の使命でしょう。

(2) 固有名詞（地名・人名）

地名や人名、書名などのように、一事一物にしか用いられない名称です。

行春を近江の人と惜しみける　芭蕉

「湖水を望みて春を惜しむ」と前書のある有名な俳句。近江という地名によって、琵琶湖に舟を浮かべて門弟たちと逝く春を惜しむ心持ちが深く感じられます。

みちのくの伊達の郡の春田かな　富安風生
すぐろなる遠賀《をんが》の萱路《かやぢ》をただひとり　杉田久女
さるすべり美しかりし与謝郡《よさごほり》　森　澄雄

風生句は、みちのく、伊達郡《だてごほり》の固有名詞に春田の普通名詞を使って大から中、近景へと視野を移動し、リズム感のすぐれている作品。久女句は万葉調で、遠賀川流域の筑豊の末黒野《すぐろ》を一人行く、と「か音」と「が行音」が堅く強いリズムを生みます。澄雄句は、さるすべり、かりし、ごほりと、「り音」を置いてリズムが美しい。丹後（京都府）の与謝は俳人蕪村の母が生まれたところ。蕪村の故郷ともいわれ、与謝郡に蕪村への思いがこもる俳句です。
地名、山川、湖沼、街道などの固有名詞は、一句の情景を鮮明にします。そのため、よく知られていること、語感のよいことが効果を上げる条件になります。

南部富士近くて霞む花林檎　　山口青邨
蕩々と旅の朝寝や和歌の浦　　川端茅舎
立春の米こぼれをり葛西橋　　石田波郷
馬酔木より低き門なり浄瑠璃寺　　水原秋櫻子

山や川などは、安達太良《あだたら》・大槍《おほやり》ケ岳・木曽駒《きそこま》・赤城・比叡《ひえ》・酒匂《さかは》などと略称を用います。天《あま》城《ぎ》嶺《ね》・古利根・河内野《かはちの》・伊勢路・大原女《め》などの言い方もあります。
人名を用いるときも、よく知られていることが句のイメージをあざやかにします。語感の鋭いことも大切です。

大根で団十郎する子供かな　　一茶
石蕗にねむるミカエル弥吉ガラシヤまり　　水原秋櫻子
リムスキー・コルサコフ青林檎雨弾《はじ》き　　加藤楸邨

チェホフを読むやしぐるる河明り　　森　澄雄
ゴホ・ルオー・歌麿・写楽曝書され　　阿波野青畝

一茶句は大根で歌舞伎役者団十郎のしぐさをしているという楽しい作品。秋櫻子句は細川ガラシャ夫人の許で従僕ミカエル弥吉の眠る像が石蕗の花に照応して穏やかな作品。楸邨・澄雄句はロシアの作曲家と小説家の名前により印象を強めています。青畝句の曝書とは蔵書を虫干しすること。

⑶　代名詞

冬の蜂われあはれめば彼われを　　山口青邨

句意は、私が冬の蜂を憐れんでいると彼（冬の蜂）も私を憐れむようだ。冬の蜂を彼と指して人のようにいっています。擬人法（後述）の技法です。この句は「われ」「彼」という人の名前に代えて指し示す言葉を用いています。これを人称代名詞（人代名詞）といいます。

主な人称代名詞をあげてみます。

自分を指すもの（自称）……吾《あ》・我《わ》・われ。
相手を指すもの（対称）……汝《な》・汝《なれ》・きみ。
相手以外の者を指すもの（他称）……彼《か》・かれ。
不特定や未定の者を指すもの（不定称）……誰《た》・たれ。

次の句は自称の「我」や「己」を用いていますが、自称とは無関係に、実体そのものを指す働きをしています。このような用い方の代名詞を反照代名詞といっています。

旅人の我から潜る花樗《あふち**》　前田普羅
寒鴉己が影の上におりたちぬ　芝不器男

普羅句の「我から」は自分から、旅人自身を指します。不器男句の「己」は自分自身。鴉みずからを指します。他にも「おのが姿」「おのが身」という用い方もします。

蓮剪るや花茎これと手にとりて　西山泊雲
碇星そこを通れる雁の声　山口誓子
今生を跳ぶや彼方に碧揚羽　中村苑子
いづこより来てつくる菜や冬の山　吉岡禅寺洞

右の句には「これ」「そこ」「ここ」「彼方」「いづこ」と事物などの名に代えて指し示す言葉が使われています。これを指示代名詞といいます。

主な指示代名詞をあげてみます。

事物を指す語……こ・これ（近称）・そ・それ（中称）・あ・あれ（遠称）・いずれ・なに（不定称）

場所を指す語……ここ（近称）・そこ（中称）・かしこ（遠称）・いづこ・いづく・いづへ（不定称）

方向を指す語……こち（近称）・そち（近称）・あち・あなた・かなた（遠称）・いづち（不定称）

その他に接尾語「ら」を伴って「ここら」「そこら」「いづら」などと大体の意を添える言葉もあります。

次の句の「いつ」は不定の時を指し示します。

いつ穴に入るやわが身に飼ひし蛇　　桂　信子

(4) 数詞

一を知つて二知らぬなり卒業す　高濱虚子

右の句の「一」「二」が数詞です。数を表す言葉のことで、名詞として扱われます。俳句では機知などを思うさま働かせるのによく用いられます。

石なごの一二三《ひふみ》を蝶の舞《まひ》にけり　一茶

春の野に乱舞する蝶を、女の子が小石で一二三《ひふみ》と数えながらお手玉しているようだ、と思わずほほえみたくなる光景です。「一二三」も数詞です。

数詞の用い方はこのほかに、下に助数詞という言葉を伴ったかたちがあります。

竹落葉時のひとひらづつ散れり　細見綾子
二本《ふたもと》の七夕竹のつれさやぎ　富安風生
ハンカチや汗一滴の広額　西山泊雲

「ひら」「本《もと》」「滴」が助数詞です。助数詞によって数の言い方が幾通りにも変わります。助数詞は接尾語の一種として扱われ、その種類は物に従って変わるので豊富です。効果的に使った句を引くと、

一《ひと》とせに一《いち》度つまる、薺《なづな》かな　芭蕉
雨二《ふた》夜春の蚊過ぎぬまのあたり　中村汀女
さし木すや八百万《やほよろづ》神見そなはす　前田普羅
おん顔の三十路《みそじ》人なる寝釈迦かな　中村草田男
松の藥千万こぞり入院す　石田波郷
いくたびも無月の庭に出でにけり　富安風生

数詞および助数詞を伴った数詞はふつう名詞として扱うが、芭蕉句の「一度」と風生句の「いくたびも」は副詞として用いられます。「いくたび」の「いく」は不定数詞ともいいます。

名詞の使い方を、普通名詞・固有名詞・代名詞・数詞を説明しながら述べました。はじめに「俳句は名詞」といわれるほど大切である。といいましたがその代表的な俳句を三つあげます。

梅若菜鞠子の宿《しゅく》のとろろ汁　芭蕉

一もとの姥子《うばこ》の宿《やど》の遅桜　富安風生

犬一猫二われら三人被曝せず　金子兜太

俳句は即物的、客観的、瞬間的につかんだ外界を凝縮させ、断定の形に表現します。そのため、動詞や感情語をできるだけ使わないことが肝要です。

芭蕉句は梅の盛りでも若葉も萌えている、と上五で初春の季節をたたえて、鞠子宿にはおいしいとろろ汁もある。と名詞と助詞「の」だけで、門人の乙州に与えたはなむけの句。風生句は名詞を助詞「の」で結び、下五「遅桜」に感動を集中させています。兜太句は七・七・五音の十九字ですが俳句のリズムは崩していません。上句七音は重いが、下五のより重い「被曝せず」の言葉で完結して定型に収束しています。

接頭語・接尾語の使い方

(1) 接頭語

女《め》をと鹿や毛に毛がそろうて毛むつかし　芭蕉

「毛むつかし」はなんとなくいとわしい。形容詞「むつかし」に接頭語「け（気）」が付いた語です。「け懐かし」「け疎し」「けざやか」「け劣る」「け押される」などと形容詞・形容動詞・動詞の上に付けて、その意味を強めたり、なんとなくの意を添えます。芭蕉句は「毛に毛が……毛むつかし」と「毛」は捩《もじ》りですが、け音を繰り返して俳諧味を出しています。

日あたりてひたしづもりの落葉かな　清原枴童《かいどう》

「ひたしづもり」はしずもりがひたすらな状態をいいます。枴童句は上・中句の頭に、ひ音を踏み印象的です。「ひた照り」「ひた濡れ」「ひた押しに押す」などと使います。もともとは「ひたくれなゐ」などと色の上に付けて、一面に全くその色であるの意。また「ひた道」などとして、まっすぐな、の意を添えました。名詞の他にも「ひた走る」「ひた泣く」などと動詞の上にも付けます。

名詞の上に付く主な接頭語……み（御）階《はし》・お（御）顔・おん（御）身・ご（御）飯・み（深）雪・ま（真）青《さを》・さ（早）桃・を（小）田

動詞に付く主な接頭語……さ噛む・との曇る・た走る《ばし》・い渡る・うち見る・おし包む・かき消す・たち出づ

形容詞に付く主な接頭語……いちはやし・け憎し・を（小）暗し・うすら寂し

接頭語の付いた語は、もとの語の品詞と同じです。

(2) 接尾語

初詣帝釈さまのよもぎもち　山口青邨
家毎に門橋持てり春の川　篠田悌二郎

「さま」「毎《ごと》」が接尾語。「さま」は帝釈天に敬意を添え、「毎」は家のたびに、の意味です。接尾語を名詞の下に付ける場合には品詞は変わりません。「妹《いも》がり」「夜辺」などの「がり」「辺」や次の句の助数詞「折《をり》」なども名詞の下に付けます。

稲妻や二《ふた》折三《み》折剣沢　蕪村

次に品詞の変わる接尾語をあげます。代表的なものは「さ」「み」です。「高さ」「けうとさ」「低み」「青み」などと形容詞語幹に付けて名詞を作ります。「静かさ」「見たさ」と形容動詞・助動詞の語幹にも付けます。次の句の「手」は動詞「飲み」に付けて名詞にしたものです。「涼みがてら」「寝込み勝ち」「もてなし振り」の「がてら」「勝ち」「振り」も同じ形の接尾語です。

おやも子も同じ飲手や桃の酒　傘　下

次に動詞を作る代表的な接尾語には、「ぐむ」「さぶ」「ぶ」「めく」「やぐ」などがあります。「涙ぐむ」「乙女《をとめ》さぶ」（乙女らしくなる）「鄙《ひな》ぶ」「荒ぶ」「山里めく」「鮮やぐ」などと名詞などの下に付けます。

芋虫にして乳房めく足も見す　山西雅子

形容詞を作る代表的な接尾語は「けし」です。「鮮《あざ》らけし」「淡《あは》つけし」「健やけし」「艶やけし」「ふくらけし」「仄《ほの》けし」「安らけし」「豊けし」などと形容動詞の語根（単語をそれ以上に分けられない部分）に付けます。「がたし」「がはし」「がまし」などは「行きがたし」「乱りがはし」「晴れがまし」と動詞に付けます。

火を使ふことのゆたけし蕗の薹　黒田杏子
月光にこゑとめがたし青葉木菟　山口誓子

形容動詞を作る主な接尾語は「らか」「やか」「げ」です。「ぬくらか」「きはやか」「おだやか」「こまやか」「心細げ」「やさしげ」などと形容詞語幹などに付けます。

朝顔の花筒女の咽喉ふくらか　中村草田男
秋風や指匂やかに伎芸天　斎藤夏風

副詞を作る接尾語は、「すがら」「つがら」が主なものです。「日すがら」「夜もすがら」「手づから」などとなります。

道すがら採りたる松虫草の種　青柳志解樹

かなづかい

新聞や教科書などを読むと動植物の名称がカタカナで記されています。知らない動植物でも漢字だと見当がつきますが、カタカナでは取りつくしまもありません。俳句には燕《つばくらめ》、蜆《しじみ》や椿、紫陽花《あぢさゐ》、向日葵《ひまはり》などの季語があるように、文学作品では作者が漢字や平がなで自由に表記します。俳句では、カタナカは外国語などを表すときに用いて、ふつうは漢字と平がなを用いています。

かなづかいが問題とされるのは、例えば「葵」は「あおい」「あふひ」と同じ音に二通りの書き方があるとき、または「あ」は「仰《あふ》ぐ」では「ア」と「桜花《あうくわ》」では「オ」と発音するときなどです。その理由は発音の変化により生じたものです。

現代俳句では、昭和21年に制定されて現代語を発音どおり表記する「現代かなづかい」（例「葵《あおい》」）と、江戸初期に契沖により定められた「歴史的かなづかい」（例「葵《あふひ》」）との両方が用いられています。どちらを使うかは各作者の自由ですが、韻文にふさわしくまた合理的な言語体系をもつ「歴史的かなづかい」を使う作者のほうが圧倒的に多いようです。そこで、「歴史的かなづかい」の使い方に少し触れます。

吊《つり》革《かは》に春夜の腕《かひな》しなはせて　杉田久女

遠雷やみなもののおもふ石仏　加藤楸邨

くれなゐの色を見てゐる寒さかな　細見綾子

右は歴史的かなづかいを用いた俳句です。久女句の「腕《かひな》」という古語や、「吊革《つりかは》」という物の名称、「しなはせ」、楸邨句の「おもふ」が歴史的かなづかい。また、綾子句の句のように漢字を用いないでひらがなで「くれなゐ」と記したいこともあります。このような場合には辞書を見る必要があります。

いろいろと問題がありますが「かなづかい」を多少間違っても、気にしないで作句することです。推敲のときや後で直せばよいし、辞書を見ながら何度も使っているうちに正しく使えるようになります。

桜貝ひろひ考へ出かせぎ女　加藤知世子

右の俳句を現代かなづかいで書くと、「桜貝ひろい考え出かせぎ女」となります。視覚の上でも語感の上でも堅い感じになります。これは感覚的なことで各人の好みですが、韻文の俳句には歴史的かなづかいがよいようです。それと文語の助動詞、助詞を用いる場合に歴史的かなづかいを使うと便利です。

てにをは

「てにをは」は一般に助詞のことを指します。助詞の言葉は一音二音などの短いものが多く、語と語の関係を示して、一つのまとまった考えや感動を筋道のとおったものにします。俳句では、助詞の使いかたひとつで、句柄が一変してしまいます。

「て」

「て」は動作・状態がそこでいったん区切れることを表します。
次の句では、「て」の上下の動作・状態が時間的に同時に共存する場合に用います。

はなみちてうす紅梅となりにけり　暁台
水の上或は這うて陽炎へり　鈴木花蓑
黄梅に佇ちては恃《たの》む明日の日を　三橋鷹女
寒明けの臥てあやす子は胸の上　加藤楸邨

鷹女句の「佇《た》ちては」の「ては」は、「て」に「は」が付いて繰り返しを表します。
次は動作・状態の起きる順序を表します。

滝の上に水現れて落ちにけり　後藤夜半

ちぎれ雲夕焼けてさめて夕長し　富安風生

次は形容詞に付けて、……のさまで。……のまま。と状態の意を表します。

木の暗を音なくて出づ揚羽蝶　山口誓子

夕餉あと尚明るくて蚊喰鳥　山口波津女

次は、補助動詞「ゆき」「ゐる」に結ぶ用法です。

見えぬ雨青柴濡れてゆきにけり　中島斌雄

古葦に著いてゐる葉の春の風　松本たかし

次は逆接表現の、……のに。……けれども。……でも。の意味を表す場合に用います。

降りいでておぼろの星のなほ見ゆる　水原秋櫻子

揺れ合ひて触るることなき花菖蒲　檜　紀代

次は、助詞「と」に「て」が付いた「とて」の用法です。体言について、……として。……といって。……と思って。の意味を表します。

紫の厚きを都忘れとて　後藤夜半

「都忘れとて」は花の名を都わすれといって、の意。

俳句では強調表現をするために倒置法をよく用います。倒置法とは文法的に正常とされている順序を入れかえて倒置し、文意を強める方法です。

次は倒置法を用いいたため、「て」が下五の結びで切れ字として使われています。

贖罪のごとし夏野へ妻子率《ゐ》て　楠本憲吉

土用波はるかに高しみえて来て　久保田万太郎

万太郎句の「みえて来て」の「みえて」の「て」は、補助動詞「来」を結ぶ用法です。補助動詞を結ぶときにも「て」を用いますが、次の三句では「みちてをり」「来てをり」「くらつてゐる」の補助動詞「をり」「ゐる」を省略しています。

朝日濃し苺は籠に摘みみちて　杉田久女

南風や処女《をとめ》来てわが病室に　石田波郷

大南風をくらつて屋根の鴉かな　飯田蛇笏

「に」

「に」は使用頻度の高い助詞でありながら、扱いがむずかしい助詞です。次は、下の動作が起こり、または存在する場所、時間を示します。

菜畠に花見顔なる雀哉　芭蕉
行人の背にある蠅や麦の秋　松本たかし
子とかじる青はしばみよ岩山に　佐藤鬼房
野の花の玫瑰濃きに旅ゆけり　山口誓子
母許《がり》に覚めて薄日の枯葎　鍵和田秞子

次は、下の動作の方向・帰着点を示します。

秋風の吹きくる方に帰るなり　前田普羅
一切を過去に投じて今年あり　富安風生
落ち羽子に潮の穂さきの走りて来　山口誓子

次は、比較の基準を示す、……よりの意味に用います。

初鶏に先立つ隣家の母の声　中村草田男

次は、状態が変化する結果を示します。

正月の子供に成つて見たきかな　一茶

次は、下の動作の目的を示します。

何に此《この》師走の市《いち》にゆくからす　芭蕉

次は、下の動作・作用の起きる原因を示します。

子の髪の風に流るる五月来ぬ　倉田紘文

みじろぎにきしむ木椅子や秋日和　芝不器男

次は、下の動作、作用の起きる手段・方法を示します。

人の手にはや古りそめぬ初暦　正岡子規

春雪を来し護謨《ごむ》靴に画廊踏む　山口誓子

次は、下の動作や感情の対象を示します。

ははそはの母にすすむる寝正月　高野素十
鶏頭に秋の日のいろきまりけり　久保田万太郎
椀に浮くつまみ菜うれし病むわれに　杉田久女

久女句の下五「われに」は倒置しています。
次は、下の動作・作用の状態を示します。

秋めきて白桃を喰ふ横臥せに　森　澄雄
身の紐をきつめに締むる探梅行　鍵和田秞子

澄雄句の下五「横臥せに」は倒置しています。
次にあげる俳句は、「に」の下の言葉を省略して、「に」を切れ字として用いています。

野ざらしを心に風のしむ身かな　芭　蕉

汚れたる雛嚢肩に秋高し　富安風生
かへらうといふ子にお年玉何を　上村占魚

芭蕉句の「心に」の下には「定め」「決めて」など、風生句の「雛嚢肩に」の下に「かつぎ」「負ひ」「下げ」など、占魚句の「お年玉何を」の下には「与ふべし」「贈らう」などが省略されていると考えられます。

次の「に」は、その上、という意味の添加を示します。

雪に音楽雪に稲妻年始まる　加藤知世子

「を」

「を」は動作の対象を示します。

冬霞三つ葉に花を見つけたり　渡辺水巴
寒の鯉身をしぼりつつ朱をこぼす　鍵和田秞子

次の「を」は持続する時間を示します。

この春を鏡見ることもなかりけり　正岡子規

鉤堀に一日を暮らす君子かな　高濱虚子

次の「を」は経過する場所を示します。

海峡を流るるものや手袋も　中村汀女

次の「を」は動作の起点を示します。

あめつちのうららや赤絵窯《かま》をいづ　水原秋櫻子

土堤《どて》を外れ枯野の犬となりゆけり　山口誓子

初蝶の影を離れて少し飛び　倉田紘文

対象を示す「を」は前述の子規句「鏡見る」のように「鏡を見る」の「を」を省略することができますが、それ以外の「を」は省略すると意味が通じなくなることがあります。

「は」

「は」はその上の語を強調し、副詞のような用い方をします。次の「は」は主格のところに用いて、その上の語を他のものと区別して特別に提示します。

古利根の春は遅々たりいぬふぐり　富安風生
みごもりや春土は吾に乾きゆく　穂見綾子
竹林はさゆらぎもせず冴返る　檜　紀代
ちりやすくあつまりやすす鱵《さより》らは　篠原　梵

次の「は」は強意を示します。

蠣よりは海苔をば老の売もせで　芭　蕉
町並も木々はむさし野鳥雲に　皆吉爽雨
左右には芹の流れや化粧坂　松本たかし
みちのくは草屋ばかりやつばくらめ　山口青邨

毎年よ彼岸の入《いり》に寒いのは　正岡子規

厄介や紅梅の咲き満ちたるは　永田耕衣

芭蕉句の「海苔をば」のように、「を」に「は」が付くときは、濁って「ば」となります。「は」を用いた場合は、下に肯定・否定とも明確な説明をしなければなりません。文法的な用語と説明があり、むずかしいと思われるでしょうが、作句がすすめば自然にわかります。

第二章　俳句の作り方

俳句の作り方

(1) 俳句とは

とびだすな車は急に止まれない

雀の子そこのけそこのけお馬が通る

右の二つは、五音・七音・五音の三分節十七音でできていますが、「とびだすな」の方は俳句ではありません。交通安全の子どもに呼びかけた、命令調の標語です。後の方は、小林一茶の作品で、子雀に慈愛の心で呼びかけ「お馬が通る」とメルヘン調に仕立てた俳句です。「そこのけ」のリフレインが、やさしいリズム感を与えます。季語は「雀の子」春です。一茶は自分の境涯を通して、蝿、のみ、蚊にまで愛情を感じる俳句を作った特異な俳諧師です。

雑俳から生まれた川柳も、もとは俳諧ですから、五、七、五の三分節十七音ですが、物に即《つ》かないで思いを述べる詩で、諷刺・皮肉などを主に表す文芸です。各種の標語や、コマーシャルのキャッチフレーズなどには、俳句と同じような五七調が多く用いられていますが、もちろん惹句（キャッチフレーズ）を連ねたもので俳句ではありません。

俳句とは、五・七・五音の十七音に季語を含み、物に即《つ》いて思いを述べる伝統的な即物詩です。定型に季語を含む約束があるので、かえって作りやすい文芸様式です。

荒海や佐渡によこたふ天の川　芭蕉

あらあらしい日本海の彼方に、佐渡がくろぐろと浮かぶ、その上に七夕の天の川が横たわっています。荒海（近景）から佐渡（遠景）へさらに天の川（宇宙）へと眼の景がひろがる壮大な作品です。佐渡の流人《るにん》の悲哀を憶い、天の川の二星を憶う心情も「や」の切れ字の詠嘆の間に感じられます。「あ」の母音を連ねたリズムも宏大な空と海のひろがりがあります。季語は「天の川」秋。新潟県出雲崎で「奥の細道」行脚の折に詠んだ句です。

右の句のような情景も、十七音定型のリズムと季語と切れ字によって、誰にでも感得されます。日本人は理屈でなく感覚的に俳句への理解と共感を持っています。

(2)　作句の心得

1、初めて俳句を作るときは、見たもの、感じたことを言葉を飾らないで控えめに書く。
2、最初からうまく作ろうと思わないで、簡単に、はっきりと書く。
3、うれしい、かなしい、さびしい、などと自分の感情を直接表さない。
4、自分の感情や感動をおさえて、自分を押しださないで単純明快に書く。
5、理屈を言わない、説明しない、報告はいけない。具体的なものを書いて分からせる。
6、頭のなかだけで考えて書いてはいけない。物事をよく見つめて正直に表す。
7、何もかも細かく言い尽くさないで、中心となるもの、その奥にあるものを想像して書く。
8、自分で書いて、自分で答えをだしてはならない。

まだいろいろと初心者の心得はありますが、その折々に前に述べたこと、後から述べることを参考にしてください。芭蕉が「発句はかくの如く、くまぐ〳〵まで謂《いひ》つくすものにあらず」「謂応《いひおほ》せて何か有《ある》」（去来抄）と語り、去来は路上にて芭蕉の語るのを聞いて、「此《ここ》において肝に銘ずる事有《あり》。初《はじめ》て発句に成《なる》べき事ト、成《なる》まじき事を知れリ」と書いています。ここで心の奥底より、はじめて発句になることと、発句にならないことを知ったと感動したのです。心得7

の何もかも言い尽くしてはいけない、ということです。

子規は「作ろうと思いたった瞬間に一句でも半句でも書きとめておけ、人に見せるのを恥ずかしがるな」と『俳諧大要』のなかで言っています。なりふり構わず、どんどん作ることが一番大切です。毎日数句ずつ作りたいものです。

をと、ひのへちまの水も取らざりき　正岡子規
流れゆく大根の葉の早さかな　高濱虚子
しらぎくの夕影ふくみそめしかな　久保田万太郎
冬座敷ときどき阿蘇へ向ふ汽車　中村汀女
芹の水にごりしまゝに流れけり　星野立子

これらの句は、それぞれ平明な言葉で、感情を表さず、一言も説明せず、対象をよく見つめ、正直に具体的に書いて、深い想いを表している秀句です。

子規句は、絶筆三句の三番目の作品で、死ぬ前日に作りました。淡々と事実のみ詠んで、かえって哀惜の情が深まります。虚子句は、川も橋も場所もいわないで、焦点を大根の葉のみにしぼって、郊外の大根を洗っている小川の清冽な水と空気を表しています。写生句の代表的作品です。

万太郎句は、白菊に夕影がさしてきたとだけいって、晩秋の透明な空気の中に、白菊を点じて静寂さを表しています。汀女句は、冬座敷で汽笛の音を聞いている、静かさと心のやすらぎが感じられます。立子句は、父虚子の「大根の葉」の句に匹敵する写生句ですが抒情さえ感じられます。いずれの作品も、すべて細かく言い尽くさず、簡単明瞭に表現しています。

(3) まず真似から

学ぶとは、教えられた通りまね（真似）て修得することで、学ぶは真似からきています。真似はそっくり似せた動作ということです。まず秀句を真似ることから始めましょう。

蕪村の句を真似てみましょう。

（季語・や）　（何がどこに）　（何がどうした）

菜の花や　月は東に　日は西に（原句）

紅梅や　丘はうしろに　日は高し

海棠や　花のあたりの　暮れなずむ

辛夷咲き　月の光を　こぼしけり

原句以降は、いずれも蕪村の句を真似たものです。上五に季語の花があり、中七の「月はどこに」から「何はどこに」と、下五の「日はどこに」から「何がどうした」と発展していきます。中七と下五は対称していますが、こだわる必要はありません。同じパターン上に、有名な「しぐるるや駅に西口東口」安住敦の名句も生まれております。

村上鬼城の歳晩の句を真似てみましょう。

（数量）　（どうした）　（季語）
いささかの　金欲しがりぬ　年の暮（原句）
一杯の　酒欲しがりぬ　年の暮
幾人《いくたり》か　忙しく過ぎぬ　年の暮
いくばくの　稿残りゐて　年暮れぬ
せかせかと　働きどほし　除夜の鐘

鬼城の句は、上五で数量を、中七で「どうした」、下五は時節の季語で完結しています。終わりの二句は季語が変わっています。同じパターンで、素材が変わり、季語が変わって表現内容が変わっても構いません。想像力をひろげてどんどん発展させること、自由に詠むことです。ただしあくまでパターンを学ぶ練習です。まずはこの勉強法をマスターして、そのうち自分の句が作れるようになりましょう。

真似とは違いますが、古典物語や漢詩などから想を得る方法や、有名な作品の一部分を自作に取り入れる方法があります。短歌では「本歌取り」俳句では「捩《もじ》り」といいます。主に元の作品を背景として用いることで奥行きを与えることができます。

三輪山をしかも隠すか雲だにも心あらなも隠さふべしや（万葉集）　額田王《ぬかだのおおきみ》

三輪山をしかも隠すか春がすみ人に知られぬ花や咲くらむ（古今集）　紀貫之《きのつらゆき》

額田王の和歌が本歌で、貫之の歌が本歌取りの和歌です。二首とも大和の三輪山にかかる雲と霞を、心ないありさまだと詠嘆しています。

道の辺に清水流るる柳陰しばしとてこそ立ちどまりつれ（新古今集）　西行

田一枚植ゑて立ち去る柳かな　芭　蕉

柳ちり清水かれ石ところどころ　蕪　村

西行の和歌は、下野《しもつけ》（栃木県）の遊行柳《ゆぎょう》の一首。歌枕になっているところを、芭蕉が詠み、蕪村が詠んでいます。蕪村句は蘇東坡《そとうば》の漢詩「後赤壁賦」の「山高ク月小ニシテ水落チ石イヅ」から想を得ています。

春の夜や宵あけぼのの其中に　蕪　村

右の句は、蘇東坡の漢詩「春宵」の「春宵一刻値千金」からとったもの。蕪村は漢詩や日本の古典から多く素材を得ています。

出女か恋する桃に花が咲く　正岡子規

子規も古典や漢詩から想を得ています。この句は『詩経』の漢詩「桃夭《とうよう》」からとったもの。『詩経』は二千五百年くらいまえに孔子が編んだ中国詩歌のアンソロジーです。

抱けば熟れていて夭夭《ようよう》の桃肩に昴《すばる》　金子兜太

子規と同じ『詩経』の「桃夭」の「桃の夭夭たる／灼々たり其の華／之の子于《ゆ》き帰《とつ》ぐ／其の家室に宜しからん……」に想を得て、みずみずしい桃が象徴する青春のエロチシズムに感応した作品。

(4) 自分の形を作ろう

俳句は短少の詩形ですから、形の美しさを大切にしますので、おのずから型（パターン）が、決まってきます。そのパターンを覚えて、自分のものにすることが上達の秘訣です。自分の得意技を見つけ出し、最初はそのパターンばかりで作句します。俳句上達の近道です。

昭和の俳句作品から、いくつかのパターンをさぐってみました。飯田蛇笏、水原秋櫻子、石田波郷、加藤楸邨、森澄雄、飯田龍太、大串章氏らの句集を選んで使わせていただきました。七氏の作品二三四六句です。二三四六句中、季語が上五にあるもの一一九六句で五一％です。中七にあるもの五八二句、下五にあるもの五六八句です。季語が上五にある句が半数を占めています。季語が下五に多いのは蛇笏だけです。秋櫻子、澄雄は上・中・下ほぼ平均していますが上五がやや多い。

切れ字は上五が一二四八句、下五が八八五句、中七は四五二句で上五の半数にも及ばない。

下五に切れ字が多いのは蛇笏で、下五が二六六、上五が五二と約五倍あり、俳句は末尾できっぱり切る、という格調高い句風です。

「や」「かな」「けり」を切れ字に使ったのは六二九句です。「や」のうち上五に使ったのは二三七句で、中七・下五に使った句を併せた数の約三倍。その他の切れ字では、体言・ぬ・なり、などが多い。蛇笏の句の七〇％、秋櫻子の句の五〇％が「や」「かな」「けり」を使い、使用率が高いということがわかります。以上を表にして示します。

区分	季語	切れ字	や	かな	けり
上五	一一九六	二二四八	二三七		
中七	五八二	四五二	四二		九
下五	五六八	八八五	三六	一九三	一一二
合計	二三四六	二五八五	三一五	一九三	一二一

俳句は末尾で切れて完結していますが、切れ字・体言などの他は数に入れませんでした。

表でもわかるように、上五に季語、切れ字を使用した句が多かったので、その型からまず覚えましょう。

①上五に季語を入れて、「や」の切れ字で切る、中七で「誰が・何が」を述べ、下五で「どうした」と完結するパターンです。わかりやすい作品を選びました。このパターンで作ってみましょう。

（季語・や）	（誰が・何が）	（どうした）	
連翹《れんげう》や	真間の里びと	垣を結はず	水原秋櫻子
蜩や	水底に畦	澄むが見ゆ	加藤楸邨
綿蟲や	安静時間	緩やかに	石田波郷
綿雪や	しづかに時間	舞ひはじむ	森　澄雄
螢火や	少年の肌	湯の中に	飯田龍太
豌豆や	添竹のまだ	高すぎて	大串　章

②上五は①と同じ、季語と切れ字「や」です。中七で下五の「説明」、下五はおおむね名詞で

完結します。

（季語・や）　（下五の説明）　（名　詞）

行春や　ほのぼののこる　浄土の図　水原秋櫻子

綿蟲や　そこは屍の　出て行く門　石田波郷

ゆく雁や　焦土が負へる　日本の名　加藤楸邨

萬緑や　海へ出て涛　酒匂川　森　澄雄

凍蝶や　畑のどこかに　子守唄　飯田龍太

切干や　沖まで白き　波がしら　大串　章

③は上五に「何々の」と中七の説明。中七に季語を入れて「何が」、下五で「どうした」と切れ字で完結する。

（何々の）　（季語・何が）　（どうした）

くろがねの　秋の風鈴　鳴りにけり　飯田蛇笏

雨に剪《き》る　紫陽花の葉の　真青かな　〃

風雲《かざぐも》の　秩父の柿は　皆尖る　水原秋櫻子
一本の　鶏頭燃えて　戦終る　加藤楸邨
焼跡の　幾日冬日　燃えざるや　石田波郷
青空の　皀莢《さいかち》の冬　来りけり　森　澄雄
山河《さんが》はや　冬かがやきて　位に即けり　飯田龍太
童話訳す　寒夜の背中　暗からむ　大串　章

④は上五に「どうして」、中七に下五の説明、下五は季語で完結します。

（どうして）（下五の説明）（季語）
をりとりて　はらりとおもき　すすきかな　飯田蛇笏
雨はれて　畦のながめの　冬紅葉　水原秋櫻子
帰り来て　駅より低き　寒の街　石田波郷
けふできて　光ますます　苗代田　森　澄雄
花咲いて　おのれをてらす　寒椿　飯田龍太

以上のパターンを習得してしまえば、一日に何句でも作れるようになります。「や」「かな」「けり」などの切れ字は最近あまり使われなくなりましたが、パターンを覚えるまでは、これらの切れ字を使用することです。四つのパターンのなかから、最も自分に適したパターンを選んで、作句の得意技にしましょう。

形を最初から決めて作句するなど、邪道だと思われるでしょうが敢えておすすめします。本来、俳句は詠む対象、詠む内容によってパターンが決まるべきであり、内容に最も相応しい形を選ぶのが正道です。自分の俳句に自身の形ができるよう、努力してください。

(5) 俳句は抒情詩

古代ギリシャでは竪琴（リラ）をひきながら詩を歌ったので、抒情詩のことを現在ではリリック（lyric）といいます。抒情とは情（心）をのべることで、俳句は叙事詩でも詩劇でもありません。本来ものに即して情を抒《の》べる抒情詩です。

「氷が溶けたら何になる」という問に、「水になる」と答えれば正解ですが、詩にはならない。「春になる」と答えれば詩になる。常識や既成観念にとらわれず「氷が溶けたら春になる」と詩的想像力を働かせることが俳句作りの第一歩です。

行春や鳥啼魚の目は泪　芭蕉
鶴咳きに咳く白雲にとりすがり　日野草城
霜柱はがねのこゑをはなちけり　石原八束

芭蕉句は、奥の細道に出発し、千住での友人や門弟たちとの別れに際し作った作品。惜別と前途三千里の不安が去来した。春が行くと鳥が啼くわけはない、魚が涙を流すわけではないが、「鳥や魚さえ泣くだろう」と想像力を働かせている抒情的な作品です。魚が泣くのは漢詩にもあります。

草城句は、高い熱が出て咳き込んでいるのは草城自身であり、雲にとりすがる鶴も自分である。幻想的な鶴の姿に病の苦しさを仮託している、余命いくばくもない草城が力を出し尽くして作った哀しい抒情詩です。

八束句は、霜柱が「声を放つ」ことはないのに「はがね」の声を聞いている。想像力の働きで不可聴なものを可聴的にとらえて、冬の朝の凛々たる空気を発して、抒情を感じさせます。

想像力によって、実際にはありえないことを現出させることができます。想像力は経験や記憶によって再生され、その上に新しい想像力を生むことができる、年輪がものをいう働きです。

憂きことを海月《くらげ》に語る海鼠《なまこ》かな　召　波
天地《あめつち》をわが生み顔の海鼠かな　正岡子規

海鼠（冬の季語）は何とも姿形の悪いものですが、俳句には数多く詠まれています。三杯酢にする腸は「このわた」、卵巣は「このこ」として賞味され、俳諧味のある題材です。召波句は、海鼠にも心配事がるだろう、悩みを海月に相談している、と俳諧的に詠んでいます。子規句は、海鼠の姿態を表すのに「天地をわが生み顔」といい、天も地も生んだのは自分だというような顔と絶妙の比喩を使っています。想像力豊かな天性の詩人というべきでしょう。いずれも想像力の豊かな作品です。

蟷螂《たうらう》は馬車に逃げられし馭者《ぎよしや》のさま　中村草田男

蟷螂はかまきりのことで、秋の季語。草田男は凝視の結果、ゆらりゆらりと上下に大刻みに揺りながら歩くカマキリの姿が、馬車のない馭者のようだと発見しました。海鼠の句と同様にユーモラスで悲しげで諧謔のある作品です。生きとし生けるものへの慈しみの心の底に抒情が流れています。

俳句を作るには、あたたかい気持ちと、常識や理詰めでない、ものごとを心で感じるやわらか味、丸味が大切です。抒情詩の抒は「のべる」という意味とともに「緩《ゆる》む」という意味もあり、心の状態、感情の柔軟な働きを抒《の》べるのが抒情詩です。

次に抒情的な俳句をあげます。

この道やゆく人なしに秋の暮　芭蕉
行く春やおもたき琵琶の抱ご丶ろ　蕪村
人恋し灯ともしころをさくら散る　白雄
雪とけて村一ぱいの子ども哉　一茶
手鞠唄かなしきことを美しく　高濱虚子
葛飾や桃の籬《まがき》も水田べり　水原秋櫻子
外《と》にも出よ触るるばかりに春の月　中村汀女
かの巫子《みこ》の手焙《てあぶり》の手を恋ひわたる　山口誓子
チチポポと鼓打たうよ花月夜　松本たかし
雉子の眸《め》のかうかうとして売られけり　加藤楸邨
暗黒や関東平野に火事一つ　金子兜太
雁立ちの目隠し雪や信濃川　石原八束

いきいきと三月生る雲の奥　飯田龍太
うつくしきあぎととあへり能登時雨　飴山實
みちのくの星入り氷柱われに呉れよ　鷹羽狩行

いずれもリズムよく抒情あふれる作品です。くりかえし鑑賞して、暗誦できるまで覚えて下さい。作句の際、必ず役に立ちます。

写生・吟行・句会

(1) 写生

作句に写生という方法を取り入れたのは正岡子規です。当時の低俗な月並俳句にあきたらず、同僚の画家中村不折がデッサンして絵を仕上げるのを見て、俳句も写生・写実をもとにして作ることを考えだしたのです。それを高濱虚子たちが引き継いで、現在の俳句作りの基本的な方法になっています。

子規、碧梧桐、虚子の写生句を見てみましょう。

若鮎の二手になりて上りけり　　正岡子規
赤蜻蛉筑波に雲もなかりけり　　〃
露深し胸毛の濡るゝ朝の鹿　　河東碧梧桐
二かゝへ三かゝへの桜ばかりなり　　〃
病む人の蚊遣見てゐる蚊帳の中　　高濱虚子
遠山に日の当りたる枯野かな　　〃

いずれも初期の写生俳句で、ありのままに詠んでいます。子規の「赤蜻蛉」の句は、晴れた秋空を遠景に筑波山と、赤蜻蛉の群を描いて、秋の透明感のなかに、かすかな淋しさが感じられます。虚子の「遠山に」は客観的な句風の転機となった作品です。

写生はまず写しとるものをよく見る、じっくりと見つめる、凝視するのです。思いつきや漠然とした興味だけで眺めていると、単なる風景、単なる現象の描写に終わって、自分の中に入ってきません。

芭蕉の「松の事は松に習へ、竹の事は竹に習へ」とは私意をはなれよといふ事也（三冊子・

土芳）は、自分を空しくして対象を見つめよ、ということでしょう。写生とは、ものの表面を写しとることではなくて、ものから視線をはなさずじっと見つめていると、心のなかにものが入りこんできて、自分の心とものがひとつになることです。

ひとつになったところで三分節十七音にこだわらず、言葉にして書きとめておきます。十五音でも二十音でも場合によっては散文でもいいから手帖に書きとめ、後でゆっくりと句に仕上げればよいのです。

写生をする場合には、対象である「もの」と自分の心の回路である感受性を、既成概念にとらわれずに、できるだけ自由にのびのびとしておくことによって、大きな感動を得ることができます。感動なくしてよい作品は生まれません。芭蕉は「物の見えたるひかり、いまだきえざる中にいひとむべし」（赤冊子）と言っています。感動の消えないうちに句の形にしておけ、ということです。

感動は感情の激しい高まりですが、生《なま》で出さずにできるだけ抑制して控えめに表します。おさえて控えめに表すところに、より強い感動を人に与えることができるのです。

子どもの言葉は詩に近いといいます。何を見ても素朴に驚き、感動するからです。一句の成立には感動がなければなりません。写生でよく見つめると、対象の中にはじめて見るものがあらわれます。いままで知らなかったものを発見した感動がおこります。たとえば紅梅を凝視して写生をしていて、枝や幹にも色濃い紅の流れを見つけ出したという発見です。この未知のものの発見の感動と、もうひとつ、ものの見方の発見による感動、自分自身の中にあるものを、写生するなかで再発見する感動です。自己の投影の感動といえるでしょう。

写生をするときは詩的ムードに溺れず、対象をしっかりとらえ、自分の中の経験も見つめる、これが俳句を作る第一歩です。

方丈の大庇《ひさし》より春の蝶　　高野素十

徹底して写生を作句の方法としていた素十の代表作。石庭で有名な京都竜安寺の重厚なひさしの陰から蝶がひらひらと舞いでるのを、そのまま写生して、暗がりの静寂と軽やかな春の蝶が対照的に表現されています。

甘草《くわんざう》の芽のとびとびのひとならび　　高野素十

甘草の芽がならんでいる、見たままをそのまま写生していますが、夾雑物を取り除いて真に迫るデッサンです。典型的な写生句といわれています。東京向島百花園での作。

空をゆく一《ひ》とかたまりの花吹雪　　高野素十

桜の落花のありさまを即物的に詠んで一片の感傷もない、淡々と写し取った光景です。山地などの桜は風に煽られて、ひとかたまりで飛んでゆく、その描写が素晴らしい。

高野素十の弟子で、写生俳句を詩の方法としている倉田紘文の純粋な写生句を次にあげます。

次の田に畦の影ある冬田かな　　倉田紘文

紘文の句集『光陰』の序文で、素十は「純粋な写生句であろう。何も他に交じり気も人も出て来ない。唯あるがままの自然の風景である。……純客観写生」と述べています。冬田の畦の影が隣の田に映っている、ありのままを描写して的確な表現力は、技法を凝らした句よりも、透明感で読者の心をゆさぶります。

次の二句は、やさしい写生句ですが中七に抒情が込められています。

母と子に一つの手籠芹を摘む　　倉田紘文

吹かれ来て石にも止まり秋の蝶　　〃

紘文は『光陰』のあとがきで「俳句は平明でなければならない。言葉はやさしい上にもやさしくなければならない。……純粋なる写生俳句は、純粋なる眼と純粋なる心とを通したところの素朴で自然なことばで綴られるべきなのである。人の心の奥に響く真実のうたとはそういうものではなかろうか」と述べています。まさにその通り、真実の写生句は大きな感動を与えるでしょう。写生についてはこの言葉以上につけ加える言葉はありません。

(2) 吟行

本来は詩歌を吟じながら歩くという意味ですが、俳句を作るために散歩をしたり、旅行に行ったりすることを吟行といいます。吟行は生の風物に触れて、詩想がふくらむ楽しい行事です。あらかじめ決められた場所へ吟行する場合もあり、その際は普通、数名から結社やグループで行くことが多いですが、人に気を使うこともなく、詠もうとするものを充分に観察できるという点で一人で行くことができれば最良です。

大勢で行った場合のメリットはその場で句会が開かれることです。嘱目（目に触れた事物）の自然や風物を詠んだ句を提出してお互いに批評し合う。お互いに目にしたものを他の人はどんな風に句にしたかがわかり他の人の対象のとらえ方、季語の使いかた、言葉の選び方など、よい参考になり勉強になります。

吟行には手帖はもちろん、小型の歳時記や季寄せ、植物図鑑など、さらには電子辞書もあれば持って行くと便利です。また知らない植物や鳥類などは先輩に聞いて覚える、手近なものには触ってみて触覚を働かせることも大切です。晴れた日には晴れた日の、雨には雨の風情があるので、晴天のとき、風雨のときの様子を見るのも吟行の効用です。

自然の中へ入って行くと、路傍の花でも林で鳴く鳥でも山でも川でも何も彼も詠んでみたくなるものですが、そう欲張らずにそのなかから、ひとつのものを決めてよく見つめ続けます。山河や建造物、草木などは角度を変えたり、近づいてみたり遠くから見たりして、句の言葉がでてくるまで観察します。

初心の人は、嘱目句の作り方のパターンを覚えるのも上達の早道です。

季語を上五か下五におき、中七でものによって心を述べ、下五で上五の説明をします。

①（季　語）　（何がどうして）　（どうなった）

春の道　わかれて湖《うみ》と　森へ行く　大串　章

秋の波　同じところに　来て崩る　倉田紘文

一句目は「春」が季語で上五にあり、中七で「わかれて」と心を託し、下五で春の道がどうした、と完結します。二句目は「秋の波」が季語、穏やかな写生句に透徹した眼が感じられます。二句とも下五で経過、方向を示して句に動きを与えています。

②（どこで）　（どうして）　（どうした）

水面に　浮き上がらずに　水母《くらげ》浮く　茨木和生

高原の　熱き日に触れ　蕨萌ゆ　岡田日郎

両句とも上五に場所を、中七で状態、下五に動作を季語で完結しています。一句目は「水母」が夏の季語。描写力のすぐれた句です。二句目は「蕨」が春の季語。日郎は直感・直視・直叙の徹底写生を詩の方法とする山岳俳句の多い俳人です。

吟行写生のパターンにはその他、遠近法と大小法などがあります。

大空に長き能登ありお花畑　阿波野青畝

黒潮の潮の岬のさくらかな　原子公平

杣が頰に触るゝ真葛や雲の峰　原石鼎

蘆枯るる信濃川面に雪嶺の秀《ほ》　森澄雄

四句とも遠近法です。一句目は、大空（遠景）、長き能登（中景）、お花畑（近景）です。二句目は、黒潮（遠景）潮の岬（中景）、さくら（近景）です。三句目は、杣《そま》が頰（近景）、真葛

（中景）、雲の峰（遠景）です。四句目は、蘆枯るる（近景）、信濃川（中景）、雪嶺（遠景）、雪山が川面に映っていても遠景です。

みちのくの伊達の郡の春田かな　富安風生
多摩川の見え山茶花に煙草買ふ　渡辺水巴
春麻布永坂布屋太兵衛かな　久保田万太郎

風生の句は何度も引例していますが名句ということです。みちのく（大）、伊達郡（中）、春田（小）です。二句目は、多摩川（大）、山茶花（中）、煙草（小）。三句目は、麻布（大）、永坂（中）、太兵衛（小）です。

初心者は右の4つのパターンさえ覚えておけば、比較的らくに吟行句が作れます。慣れてきたら型通りの句作にこだわらず、自分のパターンを作り出しましょう。

(3) 句会

俳句を勉強する場所に句会があります。初心者には特に役に立つので、努めて出席することをお勧めします。

句会とは、同じ結社の人たち、または同好の人たち（これらを連衆《れんじゅう》という）が集まって、定められた題によって句を作り、お互いに選び合う（互選）会です。

句会は楽しいものです。自分の句を他者がどう見るかがわかります。仲間の批判、指導者の講評で客観的に自分の句のよい点、悪いところがわかります。句会のあとで欠点を反省することによって、自分の俳句が格段に進歩します。

①句会の一般的なやり方は、決められた題の句を一時間位に、できるだけたくさん作って、よい句だけを、規定の数だけ、あらかじめ用意してある小短冊、一枚に一句ずつていねいに書いて、見えないように折りたたんで投句（提出）します。

②投句した小短冊をよくかきまぜて、何枚かずつ各会員に渡します。その句を清記用の紙に、ていねいに書き写します。間違わないように楷書で書きます。こうすると書体からでも誰の作った句かわからなくなります。

③清記した紙を順繰りに回し、手もとに来たそのなかから自分の好きな句、感心したよい句を書き抜いておき、全部読んだあとでさらに厳選し決められた数だけ選句用紙にていねいに書いて提出します。その際自分の名前と下に選（○○○○選）と書いて、自分が作った句ではなく、選んだ句であることを明らかにします。

④選句用紙が集まると、幹事が次々に読み上げます。これを「披講《ひこう》」といいます。自分の句が読

み上げられたときは、作者は自分の名前をはっきりと名乗ります。ここで初めてどの句は誰の作品で、誰が選んだかわかり、これが醍醐味です。さらに記録係が互選の合計点を集計し発表することで、誰のどの句が何点とったか、誰と誰が選んだかもはっきりします。

披講のあと、指導者が講評を行います。互選の高得点の句だけでなく、誰も選ばなかった句や思いがけない句を採ることもあり、先生の選評は自分の句に対する評だと思って、素直に聞くことが大切です。句会で自分の句に対して、先生や先輩の意見を聞くことや、自分と同じ題で作った多くの作品の創作過程と、選句の実際を知ることは有効な勉強法です。

句会には「席題」という当日出る題と、「兼題」という句会の当日以前に通知される題があり、これらを「題詠」といいます。その他に題を決めずに、各自が好きな句を自由に作り提出する「雑詠」があります。兼題の場合は、あらかじめ題がわかっているから、その間に現物に接して十分に観察写生ができます。雑詠は自然でも、人事でも日常の生活で接した感動を自由に詠んで提出できます。

席題は、写生する間がないので、想像で作句するより他ありません。以前に見た光景や経験を思い出して、何度も頭のなかで写生してから提出します。想像だけで詠んだり、他人の句の言葉を換えて詠むようなこともいけません。こうして作る句は類型的となり、同じような句ができます。また句会では最高点を狙うためだけの作品を作る傾向があり弊害が起こるとか、初心者は指導者の選句による勉強会の方がよいなど、さまざまな意見がありますが、句会は運営次第で良くも悪くもなり、大切なのは句会に臨む人の心掛け次第です。

その他の句会に、結社の研究会など、二、三日がかりで勉強し、何回も句会を重ねて集中的に鍛錬する会、地域の自治体などで開く句会などもあります。大変勉強になるので積極的に出席することです。

〈結社について〉

俳句上達の近道は結社に入ることです。俳句結社とは主宰者を中心に俳句雑誌を出している集団のことです。全国には七百社以上もあり、その中から一つを選ぶのは難しいですが、カルチャーや句会等で知り合った人に聞いたり、見本誌を送ってもらって読んだりして、慎重に自分に合うと思われる結社を選ぶことです。

先ず結社誌を購読して会員になり、雑誌には五句くらいの投句用紙がついていますから毎号休まず続けることです。投句を選者（主宰者）が選び、採られた句は誌上に発表されます。一句のときも二句の場合もあり、あるいは採られないときもありますが、そのときは採られなかった訳をよく考えて、採られた他の人の句を読んで参考にする、こうしてだんだんと上手くなって行きます。結社に入ったら、師（主宰者）を信頼して、その結社に落ち着いて師の指導を受けます。そして安易に師を変えるべきではありません。

結社とは、作句という孤独な作業の中にあって、仲間と切磋琢磨し合い楽しく勉強できる場でもあります。

第四章　俳句の韻律（リズム）

韻文の音声的な形式を韻律といいます。俳句の韻律（リズム）は五音・七音・五音の十七音定型律で、俳句成立の基本となるものです。秀句は、みな美しいリズムを持っています。次にあげる句はそれぞれ内容にふさわしいリズムになっています。

人恋し灯ともしごろをさくらちる　白　雄
くろがねの秋の風鈴鳴りにけり　飯田蛇笏
梨咲くと葛飾の野はとのぐもり　水原秋櫻子
谺《こだま》して山ほととぎすほしいまま　杉田久女
木の芽《め》中《なか》那須火山脈北走す　松本たかし
雉子《きじ》の眸《め》のかうかうとして売られけり　加藤楸邨
がうがうと欅《けやき》芽ぶけり風の中　石田波郷
白梅のあと紅梅の御空あり　飯田龍太

音数律

俳句の韻律は音数でつくられます。人の声の一単位が一音節で、いくつかの音節で組み立てられた韻律を音数律といいます。日本語の場合は、アクセントが弱く、音節の長さがほぼ同じ（等時性）なので、音数をもとにしてリズムをつくります。そして五音節・七音節が基調となっています。俳句は五音七音を組み合わせた五・七・五の十七音を基本的音数律としています。日本語は、天《あめ》、土《つち》、海《うみ》、山《やま》、川《かわ》、事《こと》、物《もの》など二音節の語が多く、一音節の語には間《ま》をおくとか、助詞などの一音節のものが加わって二音節をつくります。二音節を四つそろえて、五・七・五の各分節とも四拍となるという説もあります。

しぐるるや駅に西口東口　　安住　敦

第一分節　シグ|2　ルル|2　ヤ・|2　・・|2

第二分節　エキ|2　ニ・|2　ニシ|2　グチ|2

第三分節　ヒガ|2　シ・|2　グチ|2　……|2

右のように第一分節の終わりに一拍の休止をおき、第三分節の終わりにも一拍おくから、音数は違っても音量は同じとなります。

浮浪児昼寝す「何でもいいやい知らねいやい」　中村草田男

第一分節　フロ|2　ウジ|2　ヒル|2　ネス|2

第二分節　ナン|2　デモ|2　イイ|2　ヤイ|2

第三分節　シラ|2　ネイ|2　ヤイ|2　……|2

右の句は二十二字の五音も字余りで、音数は多いのですが、誦《よ》んで違和感なく定型のリズムに収まっています。音数は多いが音量は同じですから四拍子が定型の基調となっております。

俳句では何字まで使用できるか、右の四拍子では二十四字まで使えるわけですが、実際には休止や間が必要なので二十二字が限界でしょう。

音感

言葉には、音の高低、ひびき、音色などがあります。それを聞き分ける感覚を音感といいます。日本語は母音と子音が結合してできているので、それぞれの性質があります。俳句のリズムを生みだす母音・子音の性質と音感を理解することは、俳句を作るのに必要なことです。

秋元不死男は、母音の感触について、次のように言っています。

あ（a）音は、雄大
い（i）音は、軽快、繊細
う（u）音は、沈鬱
え（e）音は、温雅
お（o）音は、荘重

国語学者、江湖山恒明は次のように言っています。
あ（a）音は、朗らかで豊かに明るい。
い（i）音は、「う」音に対応するが「え」音より鋭さや鬱した気持ちの点が劣る。
う（u）音は、明るさは「あ」音や「お」音より劣るが、落ち着いた印象を与える。
え（e）音は、「お」音の感触に対応するが、鋭さと鬱した気持ちが濃い。
お（o）音は、おごそかで、おおらかで線が太い。

秋元と江湖山の母音に対する感触は、あ音とお音では同じで、い・う・え音でも、表現は違うがほぼ同じようです。

火の山の阿蘇のあら野に火かけたる　（あ音）　橋本多佳子
いくたびも雪の深さを尋ねけり　（い音）　正岡子規
水温むとも動くものなかるべし　（う音）　加藤楸邨
合歓の月こぼれて胸の冷えにけり　（え音）　石田波郷
独房に釦おとして秋終る　（お音）　秋元不死男

多佳子句は「やま」「あそ」「あら」「かけたる」と「あ」の母音が七つ使われて明るく雄大です。

子規句は上五に二つの「い」、下五の「けり」にも使われてリズムよく、主題の「ゆき」にも「い」の母音があり、繊細で憂鬱な気分をリズムよく表しています。

楸邨句は隠岐の後鳥羽院の「御火葬塚」連作中の一句。院の怨みで隣りの池には生物が生息しないという。上五に「う」の母音が四つ、中七に二つ、下五に一つ使われて、沈鬱な情感をだしています。

波郷句は戦地の病院のベッドから庭を眺めた句。「え」の母音六つが挿《はさ》まって、ゆったりとして少し屈折したリズムです。

不死男句は六つの母音「お」を配して、京大俳句事件で収監された独房の晩秋を、重々しいリズムで表現した作品。不死男は音感に秀でていました。

以上は母音の音感を巧みに生かした秀句です。俳句を作るとき、母音の音感は大切です。

歌人の斎藤茂吉は「短歌声調論」のなかで、五十音の各行の母音と子音の音感について「大体の感じではあるが」としてその感触と特徴に触れています。

ア行音は、朗に開き、明るく、平らかに響き。

カ行音は、堅く、潔《さわや》かに、強く響き。

サ行音は、鋭く、時に清く、時に細く響き。
タ行音は、重く、堅く、厚く響き。
ナ行音は、柔かく、時に籠って、滞って響き。
ハ行音は、軽快に開いて響き。
マ行音は、豊かに、時に窄《しま》るように響き。
ヤ行音は、ア行音よりも清朗でなく、暈《かさ》があり。
ラ行音は、流動、不滞の響きがあり。
ワ行音は、ア行音よりも大きく響く。

雨傘に梅の青枝《あをえ》のさはりたる　（ア行音）山口誓子
翡翠《かわせみ》の影こんこんと遡《さかのぼ》り　（カ行音）川端茅舎
柊を挿して世情にさからはず　（サ行音）米沢吾亦紅
たまの緒の絶えし玉虫美しき　（タ行音）村上鬼城
何となく奈良なつかしや古暦　（ナ行音）正岡子規
国原や野火の走り火よもすがら　（ハ行音）水原秋櫻子
弥撒《ミサ》の庭蚯蚓《みみず》が砂にまみれ這う　（マ行音）石田波郷

ぼうたんの百《ひゃく》のゆるるは湯のやうに　（ヤ行音）森　澄雄
をりとりてはらりとおもきすすきかな　（ラ行音）飯田蛇笏
山葵田の溢る、水の岩走り　（ワ行音）福田蓼汀

誓子句はア行音が、あま・うめ・あをえ・さは（あ）り、と五音もあり、他に子音と組み合った「あ」母音が四音、「い」母音、「お」母音が各二音あり、降雨の下に明るい観梅のようすを展開しています。

茅舎句はカ行音が六音あり、やや堅いリズムで敏捷な翡翠《ひすい》色の美しい、かわせみの飛翔をとらえています。

吾亦紅句はサ行音を六音使って、節分に鰯の頭を焼いて柊に刺し、戸口に挿す慣習にさからわず、静かに暮らしている常態を爽やかに描いています。

鬼城句はタ行音の「た」音をリズムを踏んで三音重ね、息絶えても美しい玉虫の姿を重厚に、しかも枕詞「たまの緒の」を使って雅やかに表しています。

子規句はナ行音の「な」音を四首並べて、柔らかく、古都奈良を古暦を手にしてなつかしんでいます。

秋櫻子句はハ行音の四音をリズムよく並べて、一晩中燃えている野焼の走り火の情景を軽快

に表現しています。

波郷句はマ行音を五音使って、真夏に土中から出て、砂まみれで這う、みみずの生態を、しぼるようなリズムでよく表しています。

澄雄句はヤ行音を四音使って、数多の牡丹の大輪の花が、微風に揺れ動くようすを、湯のようにと適格で豪華な比喩で表しています。

蛇笏句はラ行音を四音、上五から中七のはじめに使い、流れるようなリズムで、「はらりとおもき」と折りとった、すすきの美しい重量に感動しています。ラ行音の音感と平がなばかりの表記が感動をさらに深めます。

蓼汀句はワ行音の「わ」音を二音用いて、山葵田の清冽な流れを、滔々と大きく表現しています。

日本語の音感とリズムの研究は、この他たくさんあり、現在も新しい角度から研究を続けている人が多くいます。それらを参考にすると同時に、常日頃から音感と語感を、鋭く育てていく努力が必要です。俳句のリズムは、それらに支えられますが、いちばん大切なのは作者の気息、作者自身が発する声音なのです。

調べ

俳句を作るときに「調べ」をととのえることは、詩情を表す大切な方法です。一句のかもしだす快い調子は、語句のリズムと音色によって作られますが、作者の感動が大きな要素になります。

調べは、十七音語句の長短・強弱、連続と休止、母音と子音の響き合いなどで生まれるものですが、作者の感情の高まり、心の屈折まで感じられるリズムです。調べをととのえるには、次に述べる、押韻（頭韻・脚韻）、先に述べた音感、句切り、後述の繰り返し（リフレイン）などを用いる技法があります。

(1) 押韻

押韻とは、語句の中の一定のところに、同音や類似音の文字を置いて、繰り返しによる韻律的効果をあげ、語意を強めると同時に、形式美を備えさせる修辞法です。韻を踏むともいいます。漢詩や西欧の定型詩では、押韻に一定の法則があります。フランスの抒情定型詩オードは、詩句の数もリズムも脚韻も同じ四行から十二行の頌歌であり、ソネットは四・四・三・三の四節十四行の定型詩です。

語句の最初の音をそろえることを頭韻といい、語句の終わりの音をそろえるのを脚韻といいます。日本語の性質と三句十七音の生理上語句の一定のところで同じ音を踏むことは適しておらず、とくに脚韻を同じにすることは難しいし、俳句にはそのような制約もありません。

その困難な、押韻の技法を生かして韻律美を生みだしている作品も少なくありません。

生きかはり死にかはりして打つ田かな　村上鬼城
さみだれのあまだればかり浮御堂　阿波野青畝
山又山山桜又山桜　〃
ちるさくら海あをければ海へちる　高屋窓秋
あたらしき墓のあたりも花曇り　飯田龍太
露の世は露の世ながらさりながら　一茶

鬼城句は、「生きかはり」「死にかはり」と押韻して、農民の厳しい宿命をリズムよく表して哀切の情がこもります。

青畝の一句目は、「さみだれ」「あまだれ」と押韻して琵琶湖畔堅田の浮御堂の五月雨が降り続く、「近江八景」の一つの侘しい風景を表しています。二句目は、「山」が四字、「又」が二字、「桜」二字の漢字だけで、全部押韻してリズムよく、山桜の咲く雄大な熊野の景を現出しました。

窓秋句は、「ちる」と始まり「ちる」と末尾に押韻している珍しい形です。「海」も中七と下五で頭韻しております。桜の花が青い海へちる、色彩感とともに花の命のはかなさも感じられます。

龍太句は、「あたらしき」「あたり」「墓」「花」と押韻して、花曇りの下の新しい墓の主を、憂愁をこめて追憶しています。

一茶の句は世上に喧伝されていますが、正確には作者不明です。長女さとが亡くなったときに一茶が作ったとされています。「露の世」を重ね、「ながら」を重ねて、押韻によって悲嘆の情を、充分に表しています。

いずれの句も、句の初めまたは終りなどに、同じ響きを持つ語を置いたり、同じ母音や五十音の各行の音をそろえるなど、自由に音を配して、押韻による意味とイントネーションを強調しています。

次は、頭韻の効果がよく出ている秀句です。

萩の風何か急《せ》かるゝ何ならむ　水原秋櫻子

街角の風を売るなり風車　三好達治

女郎花少しはなれて男郎花　星野立子

みちのくの雪深ければ雪女郎　山口青邨

田打鍬一人洗ふや一人待ち　高野素十

秋櫻子句は、「何」を中七と下五に頭韻して、秋風が立って何か気ぜわしく寂しい感じを表しています。

達治句は、「風」を頭韻して、玩具の風車を売るのを「風を売る」と詩的に表現しています。

立子句は、上五の「女郎花《をみなへし》」下五の「男郎花《をとこへし》」を頭韻して、花野の景をリズムよく描き、秋の七草の女郎花に剛直な男郎花を対置して人間関係もうかがえる俳諧味のある作品です。

青邨句は、「雪」を中七・下五に頭韻して、みちのくの雪深い夜を描いて幻想的です。

素十句は、「一人」を中七・下五に頭韻して、鍬を洗う農夫たちの姿をありのままに写生して農村の生活と春の夕暮れをリズムよく表しています。

頭韻は脚韻に比べると、日本語の性質にも幾分合っているので、俳句によく用いられます。

次は、脚韻により、句の内容にふさわしいリズムと響きをもって成功している作品です。

赤い椿白い椿と落ちにけり　河東碧梧桐
みちのくの伊達の郡の春田かな　富安風生
大車輪ぎくりととまり鉾とまる　山口波津女
ゆつくりとはたりと暮れぬ葉鶏頭　森　澄雄
明け六つも暮れ六つも鐘冬に入る　角川春樹

碧梧桐句は、上五の「椿」と中七の「椿」が脚韻して、椿の落ちる光景を印象鮮明に描いています。

風生句は、上五の末尾の「の」と中七の末尾の「の」を脚韻し、途中にも「の」を二つ使い、四つの「の」で、みちのくの春の風景をなめらかなリズムで表しています。

波津女句は、「とまり」「とまる」と脚韻し、同音の「ぎくり」の「り」も作用して、京都祇園祭の山鉾巡行の賑わいをリズムよく伝えています。

澄雄句は、上五の末尾と中七に「りと」を脚韻し、秋の陽の落ちる早さを、「はたり」といって雰囲気をだしています。

春樹句は、上五と中七に「六つも」を脚韻して、「暮六つの鐘」という古い素材で古さを感じさせないのは脚韻のリズムによります。「六つ」は現在の午前六時と午後六時頃で、心細い薄明な時刻です。下五の「冬に入る」の断定が鮮やかで現代感覚の作品に仕上がっています。

俳句の十七音詩で各句の末尾を同音にそろえることは、意識的に作らない限り容易ではないし、成功することもないでしょう。非音楽的な日本語の性格を考慮し、言葉の等時性を生かし、語の音や響きを重ねる方法などで脚韻の効果は現れます。

リズムのなめらかな秀句とは、押韻や畳語をあまり意識せずに詠んだ結果として、美しい調べになったものが多いのです。十七音という短詩形で、言葉が少なく、もともとリズムのある表音文字と違い、表象文字の日本語の場合、押韻を用いるときは、頭韻、脚韻の技法に固執して、はめ込みや、しりとり言葉、単なる重ね言葉にならぬよう配慮して、俳句特有の声音や韻律美を損なわないように注意したいものです。

(2) リフレイン

反復法で、畳句ともいう。また繰り返し、折り返しともいわれます。詩歌や音楽の中で、一節の中のある部分を全体的にわたって反復、繰り返す方法です。リフレインはもともと西洋では抒情詩の定型であるロンド、バラードなどの技法であり、日本の自由詩でも多用されています。

短詩形の俳句では、一分節を二度も三度も繰り返すことはできないが、一分節の中で、あるいは二分節にわたって繰り返すことは、畳語によって俳諧の時代より、リフレインにより現代俳句まで多用されています。

リフレインは同じ言葉の繰り返しにより、意味を強め、言葉のニュアンスを深めます。リズムのバランスをとり、なめらかな印象を与え、調子をととのえ、情感を高めます。

また同じ単語を重ねて出来た複合語、例えば、いろいろ、ときどき、はるばる、冷え冷え、ところどころなどを畳語といいます。

草いろ〳〵おの〳〵花の手柄かな　　芭蕉
ひや〳〵と壁をふまえて昼寝哉　　〃

二句とも各務支考編『笈日記』。芭蕉は繰り返しは少ないが、押韻を多用してリズム感をだしています。一句目は畳語を繰り返してリズムのバランスをとり、美しい花を咲かせる草を讃え、二句目は琵琶湖畔大津の木節亭での、いっときの憩いの情感を表しています。

梅咲《さき》ぬどれがむめやらうめじややら　蕪村
梅遠近《をちこち》南《みんなみ》すべく北すべく　〃
日《ひ》は日くれよ夜《よ》は夜明《あ》ヶよと啼《なく》蛙　〃
春の海終日のたり〱哉　〃
行《ゆき》〱てこゝに行《ゆき》ゆく夏野かな　〃
遠近をちこちとうつきぬた哉　〃

蕪村はリフレインを多用しています。一句目は本居宣長が「ン音」を「む」と書くべきと言って、上田秋成と論争したのを、諧謔をまじえて詠んでいます。二、三句目はほとんどリフレインでリズムよく季節感を表出しています。四句目は畳句で春のゆったりとした気分を感覚的に表出した有名な句です。五、六句目も畳語とリフレインでリズムよく情感を表しています。六句目などは擬音のようで、砧を打つ音が聞こえてくるようです。

とくかすめとく〱かすめ放ち鳥　一茶
雉うろ〱うろ〱門を覗くぞよ　〃
亡《なき》母や海見る度に見る度に　〃

下々《げげ》も下々下々の下国《げこく》の涼しさよ　〃
行け螢手のなる方へなる方へ　〃
雀の子そこのけそこのけお馬が通る　〃
門《かど》の蝶子が這へばとびはへばとぶ　〃

一茶はリフレインや畳語を、平俗な言葉で使用して、多彩な生活詩を作った俳諧師で、作品の一割近くもあり、リフレインは作句の方法ともなっています。一句目は死者の追善供養のために、飼鳥を放つことを詠んでいます。十七字中十二字を繰り返して放ち鳥を声援しています。二、三句目は雉への思いやりと、母を追慕する情感が、リズムにのって徐々に昂揚してきます。四句目はリフレインで故郷を下々《げげ》の下国《げこく》と卑下していますが、夏は涼しい所と愛着を示しています。五、六句目は平易な命令語を重ねたメルヘン調の作品。とくに六句目は有名で小動物に対する哀憐の情が深い。七句目は吾子の生前の動作がリフレインのリズムにのって、生き生きと甦り哀感が漂う作品です。

寒からう痒からう人に逢ひたからう　正岡子規
雪ならん小夜の中山夜ならん　河東碧梧桐

この杖の末枯《うらかれ》野《の》行き枯野行く　高濱虚子

いずれも初期の作品より選びました。

子規句は「天然痘で入院した碧梧桐に遣す」の前書があり、弟子思いの心情が推量語のリフレインで強調されています。

碧梧桐句は上五と下五を脚韻してリフレインでリズムを調えています。

虚子句は次女の星野立子とともに九州旅行途上の芦屋辺りの車中吟です。過ぎ去る景色の様子がリフレインで効果的です。

歩み去りあゆみとゞまる夜の蟹　飯田蛇笏
うらがへし又うらがへし大蛾掃く　前田普羅
寒牡丹咲きしぶり咲きしぶりけり　日野草城
児が駈けぬ母が駈けりぬ山椿　竹下しづの女
古き機《はた》ふるき燭置き機始　水原秋櫻子
霧に挽き真直ぐにますぐに木を挽ける　山口誓子
お水屋やはさらほさらと風飾　阿波野青畝

蛇笏句は上五と中七を頭韻し、「去り」と「とどまる」を対称しており、普羅句はリフレインにより、リズム感と言葉の強調で情景が浮かび上がります。

草城句は「咲きしぶり」のリフレインで句またがりしながら、リズムを重ねて寒牡丹の状態を活写しています。

しづの女句は母子の山野にたわむれる姿が明るく、秋櫻子句は上五と中七の頭韻と「機」「機始《はたはじめ》」を対称してリフレインしています。

誓子句は箱根に療養中の作品。中七で「ますぐに」をリフレインし、「霧に挽き」「木を挽ける」押韻でリズム効果と、自らの生き方への決意がにじみ出ています。

青畝句は「はさらほさら」と独特なリフレインで、お水屋の光景を表しています。青畝は「さみだれのあまだればかり浮御堂」などリフレインの名手です。

それぞれリフレインの技法も表現方法も違いますから、再読三読、朗誦して会得して下さい。

以下、リフレインを使って成功した有名な秀句です。

親一人子一人螢光りけり　久保田万太郎

わからぬ句好きなわかる句ももすもも　富安風生

鴨渡る明らかにまた明らかに　高野素十

火美し酒美しやあたためむ　山口青邨

蛙の目越えて漣《さざなみ》又さざなみ　川端茅舎

物の芽のほぐれほぐるる朝寝かな　松本たかし

頻《しき》り頻るこれ俳諧の雪にあらず　中村草田男

月一輪凍湖一輪光りあふ　橋本多佳子

鰯雲ひろがりひろがり創痛む　石田波郷

徐々に徐々に月下の俘虜として進む　平畑静塔

万太郎句は前書きに「耕一、応召」とあり、子が召集されて、生別の作品です。風生句は全句リフレインで構成され、言葉の対称と相まって諧謔が倍加されています。草田男句は二・二六事件を詠んだ作品。戦争の雪は俳諧の雪とは無縁なものといっています。「頻り頻る」に苛立たしさがうかがえます。多佳子句は寒月が湖上に照り映える、美しい琵琶湖の光景です。静塔句は中国大陸で収容所に移動する状況、リフレインに絶望とかすかな希望がまざりあって抒情さえ感じます。

鳴き鳴きて囮は霧につつまれし　大野林火
寒燈の一つ一つよ国破れ　西東三鬼
寒餅の荷の釘づけの固し固し　細見綾子
ついに戦死一匹の蟻ゆけどゆけど　加藤楸邨
くちすへばほほづきありぬあはれあはれ　安住　敦
鷺草の鷺は二羽連れ二羽の露　石原八束
霧に白鳥白鳥に霧というべきか　金子兜太
芭蕉忌の茅町桑町忍街　森　澄雄
一月の川一月の谷の中　飯田龍太

林火句は晩秋の渡鳥を網に誘う、囮も鳥屋も霧に包まれた光景がよく表れています。三鬼句は数詞をリフレインして敗戦の悲壮感と虚脱感を描出。綾子句は「固し」と助詞「の」のリフレインで釘づけが固いだけでなく寒餅さえ固い感じです。楸邨句は働き蟻のように働いて、出征して戦死する者を悼む、痛恨の情がこもります。敦句は女給俳句と言われた作品。昭和初期の世相を現出しています。

八束句は鋭い観察とリフレイン効果で美しいリズムを生んでいます。兜太句はずばり「霧」

と「白鳥」をリフレインで屈折し、「いうべきか」の問いかけで霧に漂う白鳥を浮かびあがらせます。澄雄句は芭蕉の生地、伊賀上野の町名をリフレインした忌日句の秀作。澄雄には地名をとり入れた秀作が多くあります。龍太句は「川」が谷底へ転落し、また浮上するような不思議な感覚の作品。回転するリフレイン効果と、言葉の視覚的働きによるものです。

以上、例句をたくさんあげて説明しましたが、それぞれ、やさしくて題材の異なるものを選びました。リフレインは日常的でない物事を詠むとき、感情の昂揚したときに用いて詠嘆を強調します。また日常的題材でもリフレインにより、リズミカルな秀句を得られますが、主題が浮きあがって、軽薄な作品にならないように、注意して用いれば作品に有効な技法です。

リフレインを用いた秀句は数多くありますが、引例した作品だけでも繰り返し朗誦して使用法を体得して下さい。

第五章　俳句の技法

比喩

去年《こぞ》今年《ことし》貫く棒の如きもの　高濱虚子

比喩（譬喩とも）はたとえのことで、主要な修辞法です。例句では「去年今年」（昨日は去年、今日は今年）を言い表す場面に、具体的に説明しないで「貫く棒の如き」とたとえて、その目的とするところの、去年から今年へ時は流れても格別の変わりもなく、棒のようながっちりした精神が通っていると表現したのです。

比喩は、ひとつの事物を言い表そうとする場合、他の類似の事物によってたとえます。他のものをあげて暗示を与え、詩情を醸し出させる効果があります。また言葉と言葉の付け合わせにより新しい映像を作り出します。

比喩は古くから用いられ、『万葉集』では相聞歌、雑歌とともに譬喩歌として三部立のひとつで、主に恋心を、ものによって暗喩（後述）しました。言葉だけでは完全に表現しきれない俳句では、言葉の不完全を補うために考えられた方法です。
比喩には直喩と暗喩があります。ほかに諷喩（アレゴリー）と声喩（擬声）などがあり、俳句では直喩、声喩は多く用いられてきましたが、最近では意識的に暗喩、諷喩も試みられています。

直喩は、

玉の如き小春日和を授かりし　松本たかし

小春日和を「玉の如き」とたとえて、おだやかで暖かく清澄な気分を表しています。直喩は喩《たと》えるものと、喩えられるものを、「何々のごとき何々」と「ごとき」のような言葉で直接にむすんで意味を深め、表現を明らかにします。

暗喩は、

霧の村石を投《ほう》らば父母散らん　金子兜太

「霧の村」は古いしきたりの父祖の地、因襲の村の暗喩です。霧に閉ざされた因襲の村に石を抛《なげう》てば、懐かしい父母も故郷も砕け散るだろう、という暗喩を使った社会変革の詩情。ロマンチシズムの作品です。

(1) 直喩(シミリー simile)

明喩ともいい、他のものにたとえて意味や雰囲気を表すとき、類似を示す言葉「ごとき」「ような」などによって結ばれる修辞法です。

たとえば「薄荷《はっか》の如き風が吹く」といえば、吹く風は「薄荷」によって直喩されています。単に「風が吹く」といった場合、風が吹くありさまは明らかではないが、「薄荷の如く」と直喩するとき、その比較のなかで、薄荷のように爽やかな、清々しい風が吹く、と表現はいっそう高められます。

俳句では「ごとく」「ごと」「ばかり」「似る」「と」その他いろいろの言葉で、つなげてゆく直喩は少なくなく、使いやすい技法で日常語にも多く用いられています。「風のごと速し」のような型にはまった使い方は避けて、対象(素材)をよく見きわめて、新しい比喩を創り出しましょう。

直喩は、「何かのような何々」と形容する一種類しか表すことができないが、外形の相似か質の共通までたとえられる、具象性をもっているすぐれた技法です。

水すまし水に跳て水鉄の如し　村上鬼城
朱欒《ざぼん》咲く五月の空は瑠璃のごと　杉田久女
蟇歩く到りつく辺のある如く　中村汀女
白鳥といふ一巨花を水に置く　中村草田男
みちのくの青きばかりに白き餅　山口青邨
面影の囚はれ人に似て寒し　富田木歩
一枚の餅のごとくに雪残る　川端茅舎

鬼城句は、「水鉄の如し」と「水」を「鉄」と直喩して、水の上で自由自在にとんだり跳ねたりしている水すましとその水を、鉄のごとしと主観的に描いています。「水」の頭韻に何回も跳ね上がる水すましの躍動感が表れています。水すましを凝視した結果で、この句は「鉄の如し」の直喩が生命となり主観を感じさせない句です。

久女句は、久しぶりに故郷へ帰って、「五月の空」を「瑠璃のごと」と直喩しています。瑠璃は青紫色の玉、七宝の一つ。粉末にして絵具の群青色にも用います。群青色の空と朱欒の白い大きな花の咲く、南国鹿児島の明るさを情熱的に描いています。直喩がよく効いています。

汀女句は、行く所の「ある如く」に「蟇歩く《ひき》」と直喩しています。鈍い速度で懸命に歩いて行くひきがえるを、目的のある如くとの直喩が効いてユーモラスです。同時に何の目的がなくても歩き続けなければならない人生と重ねあわせています。

草田男句は、「白鳥」を「巨花」と直喩しています。自解によれば「実物を見ない幼児の頃、絵本で白鳥と睡蓮を知った、両者は同一物と思った」と述べており、巨きな花は睡蓮のことと知れる。水に浮く白鳥が背羽根を緩くかかげた姿を「巨花」と比喩しました。草田男のなかでは白鳥と睡蓮は同じものなのだから、すばらしい直喩が生まれました。以後、多くの俳人に白鳥の句は作りづらいと言わしめた作品です。

青邨句は、「白き餅」を「青きばかり」と直喩しています。そして、みちのくの澄んだ空気と豊潤な餅とを際立たせており、直喩によるみちのくの讃歌です。

木歩句は、自身の顔が「囚はれ人」に似ていると直喩しています。幼少時の高熱が原因で躄《いざり》となり肺病で極めて貧困の生活があらわれているからでしょう。そのなかで純粋な抒情的作品を作りました。唯一の親友、新井声風に撮ってもらった写真を見ての作です。

茅舎句は、木陰に残る雪を、「一枚の餅」と直喩しており、やわらかく白い残雪を「餅」とたとえた単純さが、かえって的確に早春の庭を表現しています。わかりやすい直喩の好例です。

(2) 暗喩(メタファー metaphor)

隠喩ともいいます。比喩のひとつで「杏《あんず》の如き少女」は直喩で、「杏の少女」は暗喩です。「如き」などを省略して「杏」「少女」と直接言葉と言葉を衝突させて、想像力を喚起させる修辞法です。用いる言葉の極めて少ない俳句では活用したい技法です。

「花の如くゆれる心」といえば直喩ですが、「花の心」といえば暗喩です。「花」と「心」だけを示して、たとえる目的を隠し、「花」でも「心」でもない新しい意味、たとえば「初恋」のイメージをつくり出す方法で、AとBを触発させて、AでもBでもない新しいイメージ(映像)をつくります。

最短詩形の俳句は音数の制約上、言葉どうしの触れ合いにより、言外の意味や背後に隠された言葉を読者に汲みとってもらう必要から、暗喩は古くから用いられて来ました。

暗喩はイメージを作るのに最も効果的な技法ですが、イメージを結ぶ適確な言葉を選ばず安易に使用すれば、誰にも理解されない言葉の羅列となって、いたずらに混乱を招くだけです。また「重箱のすみをほじくる」など使い古された暗喩は、比喩の意味を失ってしまいます。

露人ワシコフ叫びて石榴《ざくろ》打ち落す　西東三鬼
たばしるや鵙《もず》叫《けふ》喚《くわん》す胸形変《きょうぎやうへん》　石田波郷
螢火となり鉄門を洩れ出でし　平畑静塔
寒卵二つ置きたり相寄らず　細見綾子
梅咲いて庭中に青鮫が来ている　金子兜太

三鬼句は「露人ワシコフ」「叫びて」に暗喩があり、全てメタファで形成された句ともいえます。実在の白系ロシア人ワシコフが石榴を打ち落とすときの「叫びて」の暗喩に、故国を追われた無念と望郷の哀しさがイメージされ、また大男が大声をあげて棒を振りまわして、甘くもない石榴を落としている図に諧謔を感じます。

波郷句はほとばしるような「鵙叫喚す」に、肋骨を切り取る手術の衝撃が、暗喩で強烈に表されています。手術で胸が変形するのを「胸形変」といって、「たばしるや」の激しい言葉と切れ字の効果が加わって、悲鳴を上げる自身をけたたましく鳴く鵙に重ねて表現されています。

静塔句は「螢火」が暗喩です。精神病院に収容されている者は、螢火となって鉄門をくぐり抜ける以外には外（社会）には出られない。螢火は患者の魂です。鉄門を出られない哀しさ、自由になりたい熱い思いが洩れ出ている。院長であり、クリスチャンの作者の嘆きも螢火となって明滅します。

綾子句は「相寄らず」に、寒卵に象徴された孤独の暗喩があります。寒卵は栄養価の高いもの。人間も内容があり中味の濃いものにかえって孤独感があり、連帯意識から孤絶した人間疎外が「相寄らず」に反映しています。

兜太句は「青鮫」に万象溌剌たる春の朝の暗喩があります。青鮫は体長一メートルくらいの、背中が青黒く腹の白い、鋭い歯を持つ小さな鮫。日毎に暖かくなる早春の夜明け、梅の咲く庭いっぱいに青鮫が浮かんで活潑に動きまわっている、明るいイメージの感覚的な句。青鮫は春を迎えた歓びの暗喩で、詩情の投影です。

以上の作品は三鬼句、波郷句を除いて、詩形から見て「螢火」「寒卵」「青鮫」が、句意を象徴しているようですが、象徴より強いイメージがあり、暗喩でなければ、これだけ心理的で複雑な内容は言い表せません。

「菊の香や奈良には古き仏達（芭蕉）」のように、上五の季語と後の句が、直接に何の関係もないような俳句がたくさんありますが、二物衝突による暗喩が効いている句があります。例句をよく読んで、暗喩の技法を覚えましょう。

これ着ると梟が啼くめくら縞　飯島晴子
おかしいから笑うよ風の歩兵達　鈴木六林男
山百合の白の鮮烈爆破点　鷹羽狩行
沙河にゆきたし六月私は小馬　阿部完一

晴子句は「これ着ると梟《ふくろう》が啼く」と「めくら縞」を衝突させる暗喩です。山中湖から流れる道志川は、神奈川県側の国道は明るく、山梨県側は深い渓谷で暗い、両国橋で別れている。沿道の家のめくら縞の丹前を見て作った句。めくら縞は紺無地で、半纏や足袋などに使われます。梟は夜行性の猛禽。暗い道志の渓と暗澹たる山村の生活が「めくら縞」に暗喩されて、「ぼろきて奉公《ほうこう》」と啼く梟のもの悲しい声が闇に深く迫ります。

六林男句は「風の」「歩兵達」が暗喩です。昭和十七年（一九四二）フィリピンのパターン半島攻略戦時の作品。凄惨な白兵戦で死が日常となって、明日も知れない危険な風にさらされている歩兵達。その歩兵達が笑っている。当然のことが当然でなくなる悲壮な風と歩兵達の笑いです。

狩行句は「白の鮮烈」「爆破点」に暗喩があり、イメージ鮮やかです。山百合は近畿以北の山麓に自生します。夏の薄暗い林に咲く花は、周囲を明るくさせる純白色、香気は鮮烈です。

六つに裂けた花弁の内側の紅点と、鼻を突く香りとを「爆破点」の一点に絞った暗喩により、若さの躍動するイメージです。

完一句は「六月」「私は小馬」の暗喩によって願望をつくっています。中国旅行の作品。沙河は北京北方附近のありふれた村。黄砂の積もった土と畑、白茶けた泥の煉瓦の家、黄色い小川のゆるく流れている村です。ひょろひょろのポプラが微風にゆれる六月のこの村は、もの音一つしない、「私は小馬」になって沙河へ行きたい。煩雑な現代社会から逃避したい願望を、「私は小馬」の暗喩が生みだすイメージによく表されて、純粋で抒情豊かな作品です。

(3) 諷喩（アレゴリー　allegory）

寓意ともいいます。現代では限られた言葉では複雑な物事が伝えにくいので、他の事物や、動物、物語にたとえて、意味を強め、あるいは暗示する表現法。比喩の修辞法のひとつです。ギリシャの寓話集イソップ物語はアレゴリーで、さまざまの動物の話にたとえた諷刺があり、イギリスの古い童話集マザー・グースにもアレゴリーやユーモアが多くあります。

俳諧では日本や中国の物語、和歌、漢詩などに想を得た作品は多いが、諷刺は蕉風確立以来少なくなり、どちらかというと川柳のテーマとなったようです。

夏草や兵《つわもの》どもが夢の跡　　芭蕉
鳥羽殿《とばどの》へ五六騎いそぐ野分哉　　蕪村
衛士《ゑじ》の火のますくもゆる霞哉　　一茶

芭蕉句は奥の細道の途次平泉で、源義経が藤原泰衡に急襲され高館で自刃した跡で詠んだ句。唐の詩人杜甫《とほ》の五言律詩の句「春望」の前二行「国破れて山河在り、城春にして草木深し」から想を得た、杜甫の詩藻《そう》がのり移ったような秀句です。

蕪村句の鳥羽殿は京都の南郊鳥羽にあった白河・鳥羽両院の離宮。院政から武家政治に移る発端となった、保元の乱の中世時代を題材として、野分をついて鳥羽（崇徳上皇の院）へ急ぐ五、六騎の武者を、現在ならテレビや映画を観るような迫力で描いています。

一茶句は三千年近く前に孔子が編んだ、中国周時代の詩集『詩経』の「小雅」の〝庭燎〟に題材を得た句。庭燎は宮廷に焚くかがり火、宣王が朝から夜まで政務に励んだのを讃えた詩「夜如何ん夜未だ央《なかば》ならず庭燎の光なり」から、衛士の焚く火は霞のなかでさかんに燃える、と意訳しています。

糸遊や野崎参りの褄《つま》からげ　　松瀬青々

雪だるま星のおしゃべりぺちゃくちゃと　松本たかし
暖かや飴の中から桃太郎　川端茅舎
蟷螂は馬車に逃げられし馭者のさま　中村草田男

青々句は大阪府慈眼寺の野崎観音参りを、近松半二が「新版歌祭文」の戯曲に仕立てた、主役のお染久松で知られる芝居を題材とした。棲をからげて、かげろうの立つ野を行く情感のある句です。

たかし句は凍てついた空で、満天の星がぺちゃくちゃと雪だるまの出来具合などを話し合っている、子供たちはとうに眠っている。メルヘン調のなつかしい童話の世界です。

茅舎句は切っても切っても桃太郎の顔が出てくる金太郎飴。不思議に思いながらしゃぶった記憶は遠い昔のこと。縁日や祭礼の屋台で「飴の中から金太さんが出たよ」の売り声が思い起こされる郷愁の世界です。

草田男句は前に説明したので簡単にします。蟷螂（かまきり）が馬車に逃げられた馭者である、とは適切な比喩で、ユーモアがある中に諷刺があり、威張って横柄な人間の姿が浮かんできます。巧みなアレゴリー作品です。

省略

俳句は沈黙の文学であるといわれます。十七音の短詩形では多くのことを、語ることはできません。見たもの、思ったことを全部五・七・五音に詰めこんだら、わけがわからなくなってしまいます。素材を思いきって整理して単純化し、感動を一点に絞りこんで、緊張した詩形に仕上げます。

材料を一句のなかに全部詠み込もうとしないで、不要と思われるものをためらわず切り捨て、主張を明らかにします。省いても意味の通じる助詞・助動詞などは省き、省略によって余情を高め、省略の沈黙によって読者に感動を与える、俳句特有の技法です。

素材の省略——不要と思われるものを切り捨てるといいましたが、どれが不要か、選択がなかなか難しいものです。例えば川辺の風景が美しいので詠もうとします。清冽な川、河原、岸辺の草木、橋、舟、空に雲、風、その他たくさんの素材がありますが、橋といえば、川も河原もいわなくてもわかります。舟下りといえば、川も河原も岸の草木も想像されますから不要です。草青青と生き生きとの場合、青青と生き生きは同義語ですからどちらか一方を切ります。

感動の中心となるもの、言いたいことのポイントをとって、あとは切り捨てます。

内容の省略――この後の例句の説明のときに述べます。

表現の省略――散文で意味上不要とされる言葉は省略します。「街灯に明かりが点《とも》る」の場合、「街灯が点る」か、さらには「明かり」か「灯《とも》る」のどちらか一つでいいのです。「駈けゆけり」は「ゆけり」は不要です。

省略について、最低の心得をいくつかあげます。
1、俳句は、たくさん喋れないと肝に銘じる。
2、素材の整理はいさぎよく切り捨てる。
3、感動は一点に絞り込んで、あとは省く
4、言葉は、説明語、意味の上だけの言葉、不要なものは切り捨てる。
5、省略の際は、季語・切れ字の働き、暗示・連想などの喚起力を確かめる。
上手な省略は、素材や言葉を削るだけでなく、焦点を絞ることにより強い凝縮力が起こり、表現の幅がかえって広げられます。

海くれて鴨のこゑほのかに白し　　芭蕉

舟の上から眺める海はかすかに明るいが、だんだんと暗くなって、昏れるとき鴨が鳴いた。鴨は見えないが、鴨の声にほの白さを感じた。誰と舟に乗ったか、場所はどこか、どのような景観か、人も舟も風景も全部省略して、鴨の声だけに焦点を絞って、寂寞とした心象風景を描き出しました。「ほのかに白し」に音を色にかえて詩情あるイメージをただよわせています。一点集中の省略の好例です。素材の徹底した省略です。

御手討《おてうち》の夫婦《めをと》なりしを更衣　蕪村

お手討になるところだった夫婦が、安泰に更衣《ころもがえ》をしています。どんな夫婦か、なぜお手討になるところだったか、なぜ助かったのか、いっさいを省略して、更衣をしている現在だけを詠んでさわやかな季節感と、かすかな哀しさを感じさせます。物語のストーリーのようで想像力をかきたてられます。省略というより前半を大胆にカットした、内容の省略の技法。これも省略の方法です。

田の厂《かり》や里の人数はけふもへる　一茶

田圃に雁が増える頃、村の人数が減ってゆく、と村の状況を直視した一茶ならではの句。田畑を埋める奥信濃の深い雪も、出稼に出てゆく人たちも一切省略して、降り続く雪の下で留守を守る家人の生活と、出稼人の悲哀が滲み出て来ます。一茶は偽風雅、風流ぶりを嫌い、生活詩や人生詩を俳句に取り入れた俳諧師です。

滝の上に水現れて落ちにけり　後藤夜半

繁った樹々と岩の間の、「滝の上に水（が）現れて」水しぶきを散らし轟きながら「落ちにけり」、というところを、滝の落口のようすも、水しぶきも、轟く音も、周囲の景観も、滝の形状も、自分の心情も一切省略し、滝（水）」だけを重層して描写し、滝の轟き落ちるさまを表現しました。省略と客観写生の手本となる秀句です。

ひるがほのほとりによべの渚《なぎさ》あり　石田波郷

昼顔の花がひっそりと咲いているそばの、渚の砂の上に足跡があり、昨夜自分が来ていたのはこのあたりだったのだと回想しています。忠実な写生句のようですが、この句の焦点である昨夜（よべ）の事柄が省略されており、句の中心となる内容の省略です。

省略によって、昨夜星の下で恋人と語りあったのは、また友と俳句について論じあったのは、ここの渚だったのだ、などと読者にさまざまな想像を浮かばせて意味が深い。省略によって抒情も、イメージも、作品そのものが成り立っている秀句です。

燈籠にしばらくのこる匂ひかな　　大野林火

（灯を消した）燈籠にしばらくのこる（蠟燭の）匂ひかな。と（　）内が省略されています。新盆に肉親の魂を迎えるために灯を点ける。やがて灯は消えたが、あとに蠟燭の匂いが残る、しばらく残る匂いが心に沁みます。「燈籠にのこる匂ひ」だけいって、妻と子を亡くしたことを省略している。省略によって深い悲哀がいつまでも余韻をひいて、読者の心に沁みわたります。この句も内容の省略です。

チューリップ喜びだけを持つてゐる　　細見綾子

（真っ赤に咲く）チューリップ（が陽に照らされて）喜びだけを持つてゐる（ようです）。（　）内の素材が省略されている、主観的な句です。「喜びだけを持つてゐる」とだけいって、チューリップの色も形も、春の庭も、陽の光も、群落も省略して花の咲く雰囲気だけを詠んでいます。チューリップは、陽春の花の象徴として童謡に、絵画に扱われています。春の喜びを運ぶ花にふさわしい省略表現です。チューリップに仮託した自分の喜びも表れています。

裏がへる亀思ふべし鳴けるなり　　石川桂郎

亀が暖かい春の日差しに誘われて岸辺に上がって、何かの拍子に裏返って起きあがれなくて鳴いた。東京西郊鶴川村の含羞庵の七畳小屋に、食道癌で仰臥して寝返りもできない状態は一切省略されています。

自分の姿を、裏返って手足をバタバタさせている亀に仮託して、「亀思ふべし」と自嘲気味に自分に言い聞かせています。表現の省略により、業病に冒され身動きもできない、もどかしさ哀しさが噴出して読者の心をゆさぶります。鳴くはずもない亀が「鳴けるなり」に強い詠嘆がこもる悲壮の作品です。

片栗をかたかごといふ今もいふ　高野素十

十七音中十二音を「片栗の呼び名」に使い、残る五音でさらに「今もいふ」と、素材も内容も表現も、何もかも省略した単純単一化の句です。

富山県八尾句会の前書があり、風の盆で有名な八尾で、片栗の花を見て感動した即興句です。早春、雪の中から細長い花茎をのばし六弁の濃い紅紫色の花を開く、葉もかわいい形の斑点がある。春を招く可憐優雅な花の古名「かたかご」の呼び名が、この地方に今も残る、そのゆかしさが快いリズムとなって流れています。

祖母《そぼ》山《さん》も傾山《かたむくやま》も夕《ゆ》立《だち》かな　山口青邨

十二音を「祖母山」と「傾山」の地名にあて、「夕立かな」だけいってさっぱりとした句。あとは省略しています。

祖母山は熊本、大分、宮崎三県境の山、傾山は祖母山より十キロメートル位西方の山、ともに祖母傾国定公園内にそびえる名山。親しみやすい山の名前が二つ響き合って、豪快な大夕立を降らせる。あとに涼風が立つような名吟です。

あなたなる夜雨の葛のあなたかな　芝不器男

「あなた」は彼方の意。上五と下五に「あなた」と重ね、中七に「夜雨」にしぶく「葛」だけをあらわし、あとは省略しています。愛媛県の郷里から、学校のある仙台へ戻る車中の景。夜汽車の窓に映る葛の茂みが雨にそよぐさまをみて、葛のあなた、暗い闇のあなたに、遠く離れて来た故郷を思う侘びしさが流れている。「あなた」のリフレインによってリズムよく、省略によって抒情がただよう秀句です。

枯蓮のうごく時きてみなうごく　西東三鬼

「枯蓮のうごく」とだけいってあとはみな省略しています。奈良の薬師寺の小さな蓮池の景。「沢山の枯蓮が首のところから折れてうなだれている」と自注にあります。

昭和二一年作。葉柄の折れた無残な枯蓮が、寒風に吹かれて一斉に動く様子は、敗戦で喰うものも家もなく、焦土で無気力に揺れ動く日本人を象徴している。寺院も池も、塔もあり余るほどの素材を切り捨てた作品です。

青丹よし寧楽の墨する福寿草　　水原秋櫻子

「青丹よし」は奈良の枕詞。「寧楽」は奈良の古名。「墨する」と「福寿草」だけ詠んで、他の素材は一切省略して、お正月らしいおだやかな句です。

奈良は墨の名産地。奈良の社寺や仏像のたたずまいが浮かんでくる句。日当たりにある福寿草の黄金色は、いのちの漲っているような晴ればれしい感じがして、名前もめでたい。元日草ともいわれる。墨の香りもなつかしい、省略が連想を喚起する、すっきりして艶のある新年の佳句です。

擬人法

擬人法は俳諧の時代よりよく使われている技法で、数々の秀句を生み出しています。動物や植物、無生物の自然などを人格のあるもの、と人間のように見なして、樹木の新緑のみずみずしさを「若葉がささやく」とか、風が吹くのを「風がうたう」などと表現する修辞法です。活《かっ》喩《ゆ》法ともいいます。

擬人法は、人間の考えや、行動、生活などを、あてはめることによって実感をともなう言い表し方ができる効果的な技法です。

擬人法は、やさしく使いやすい技法ですが、対象（素材）を注意深く観察して、その状態（生態）を正しくとらえて、性質をみきわめることが必要です。なによりも想像力を働かせて、誰にでも共感できる表現（言葉）を選ぶことが大切です。

かしましや江戸見た厂《かり》の帰り様《よう》　一茶

御傘めす月から春は来りけり　〃

一茶は、自然や動植物などを身近な人間のように親しく詠んでいるので、擬人法の句がきわめて多い俳諧師です。前句は「江戸見た厂」が擬人法です。江戸の賑やかさを見た雁が、大騒ぎしながら北へ帰ってゆく。板橋の前書があり、東京は中山道の第一宿駅でした。後句は「御傘めす」が擬人法です。御傘は月のまわりに現れる輪のような光、月暈《かさ》のことです。

芋の露連山影を正しうす　飯田蛇笏
空をあゆむ朗々の月ひとり　荻原井泉水
駒ヶ嶽凍てゝ巌を落しけり　前田普羅
啄木鳥や落葉をいそぐ牧の木々　水原秋櫻子
おほわたへ座移りしたり枯野星　山口誓子
冬の水一枝《し》の影も欺かず　中村草田男

以上の引例句は、各作家の個性的な代表作品ともいうべき秀品です。

蛇笏句は、南アルプスの山々が、爽涼たる大気の中で山容を整えているようすを「正しうす」と擬人法で表現しています。

井泉水句は、自由律俳句です。「あゆむ」と「ひとり」が擬人法です。大空を月がゆったりと「あゆむ」ようすを擬人法で表した明るい句です。「ひとり」と体言止めで結句をしめています。

普羅句は甲斐駒ケ岳が、きびしい寒気のため岩を「落としけり」と擬人法で詠んで、冬山の厳然たるさまを、フィクションで表した山岳俳句の傑作です。

秋櫻子句は赤城山で作った句。牧場の木々が落葉を「急ぐ」と擬人法を使った近代的作品。

誓子句の「おほわた」は大海（大洋）の古語。枯野の上にあった星が大海へ「座移り」した、と雄大な宇宙の景観を擬人法で詠んでいます。樺太時代を回想した作品です。

草田男句は、清明な冬の水にそっくりそのまま映った、樹木の影を「欺《あざむ》かず」と嘘偽りもないと表現した厳粛な空気を伝える作品。心理的な影もあります。「冬の水」が季語です。

木の芽中那須火山脈北走す　松本たかし
高熱の鶴青空に漂へり　日野草城
歓喜して夕立の栃しぶくなり　石田波郷
畦塗りてあたらしき野が息づけり　加藤楸邨

例句はいずれも現代感覚のある作品です。

たかし句は、樹木の芽吹きも美しい、東北地方の山脈が「北走す」と擬人法でいって、北海道利尻島まで連なっている、那須火山脈の山々の躍動するようなリズムが感じられます。「木の芽」が春の季語です。

草城句は「高熱の鶴」が擬人法です。明るい冬の空を舞っている、高熱の鶴は作者自身であり、詩魂です。熱に浮かされた作者の幻想的な句。次に「鶴咳に咳く白雲にとりすがり」と続く、熱と咳にさいなまれながらも、凛とした詩が存在している哀切な作品です。

波郷句は、炎天が続く酷暑に、激しい夕立が来たので、栃の木が「歓喜して」しぶいている。といっています。作者自身も歓喜しています。

楸邨句は、畦を塗って「野が息づける」と擬人法で、新鮮な田園風景を抒情的に表していきます。

くらがりに歳月を負ふ冬帽子　石原八束
紺絣春月重くいでしかな　飯田龍太
麦熟れて鴉らも身をもちくずす　津田清子
朧夜の水より覚めて来たる街　稲畑汀子

例句は、新しい感覚と透明な抒情を持っている作品です。

八束句は、冬帽子が「歳月を負ふ」と擬人法でいっていますが、「くらがり」は過去の陰影をひきずり、「歳月を負ふ」は、重い過去を鋭く象徴しております。心理的ニュアンスの濃く、かすかな抒情さえ感じられる秀句です。

龍太句は、「春月重く」と擬人的にいっています。「重く」は春月の感じを表したもので、「紺絣」の当時の学生青年をシンボルする言葉と重なって、春愁の抒情あふれる秀句となっております。

清子句は鴉らも「身をもちくずす」といって、これほど大胆な発想で擬人化した作品は少ないと思われます。麦秋の熱気のなかでは鴉も自堕落になる。詩的表現のアイロニカルな作品。

汀子句は「水より覚めて」来たる町と擬人化しています。愛知県の水郷蟹江町の春暁を、水の香りが漂うように、抒情豊かに表現した美しい作品です。

擬人法は日常的な発想では通俗的になりやすく、対象（素材）の奥深い息吹を感受して、作者の心境や願望も投影させる表現でないと、作為や技巧ばかりが目立って、よい作品は得られないでしょう。

オノマトペ

事物の音声や響きに似せて表した言葉をオノマトペ（onomatopoeia）といいます。擬声語のことです。一つの物事を言い表すのに、百言を費やしても足りないところを、例えば物が転がる音や、笑い転げる声を「コロコロ」といえば一言ですみます。作句に役立つ修辞法です。オノマトペには擬態語も含まれています。

私たちは物音に取り囲まれています。日常の物音を表すのに、似た言葉を当てはめて使います。ふだんの会話でも、例えば、夕立が降ると「ざあざあ」春雨は「しとしと」と、川は「さらさら」流れ、犬が「わんわん」鳴き、子供が「ばたばた」かけ出して、頭が「がんがん」して胸が「キューン」と痛むといいます。

これらの言葉は、習慣の中にしみ込んでいるので作句の際、無意識に使うことが多いですが、使い古された慣用語は、何の感動も呼び起こさないので俳句の言葉としては適当ではありません。風が吹けば「びゅうびゅう」という連想に疑問を抱かずに、句に持ち込む安易さは避けなければならないでしょう。
慣用語を使う場合には、他の言葉との触れ合いによって、生きかえる言葉になるよう、深く考えて用いることが大切です。

(1) 擬音語

擬音語を用いるときは、概念化した言葉は避けて、対象（素材）をよく見つめ、状態を確かめて、その音にふくまれる音楽的な響き、リズムの特徴、変化、実感をとらえて表現したいものです。擬音には、頭が「がんがん」鳴るとか、胸が「キューン」と痛むというように、無音の状態や、動作をリズムで表す場合もあります。

地車のとどろとひびく牡丹かな　蕪村
松虫や素湯もちん〳〵ちろりんと　一茶

蕪村句は、地車の「とどろ」が擬音です。地車は重いものを運ぶ大八車のような四輪車です。牡丹の花びらが地車のひびきにゆれているさまが擬音で感じられます。俳諧に擬音が多く使われだしたのは、江戸中期以後からです。

一茶句は、「ちんちん」と湯のたぎる音から、「ちろりん」と重ねて松虫の鳴き声を擬音で表して、秋の夜の静かなひとときを伝えます。一茶も擬態語ほどは多くはありませんが擬音語を注意深く使用しています。

残雪やごう〳〵と吹く松の風　村上鬼城

ぴほぴぴほぴと木の芽誘ひの雨の鶲《ひよ》　臼田亞浪

谷川の音ころころと秋晴る、　星野立子

鬼城句は、松風を「ごうごう」と擬音を使って、野末を吹きわたる早春の強風を、格調高く詠んでいます。鬼城には、他にも擬音を用いた「街道をキチキチと飛ぶばつたかな」の有名な作品があります。

亞浪句は、鶲の鳴き声を「ぴほぴぴほぴ」と擬音で表して、春雨のけぶる木の芽どきの、山林の情景を新鮮に描出しています。

立子句は、谷川の流れを「ころころ」と擬音して、秋晴れの爽やかな渓流を抒情的に表しています。

厚餡割ればシクと音して雲の峰　中村草田男

水枕ガバリと寒い海がある　西東三鬼
寒雷やぴりりぴりりと真夜の玻璃《はり》　加藤楸邨

引例句は、いずれも有名な作品で、擬音が一句の中心となっていいます。

草田男句は、厚い餡《あん》を割った「シク」の擬音効果が作品を決定しています。まことに斬新な擬音で、「シク」のかすかな音が、雲の峰に響くように、宇宙的なひろがりを現出しています。強く印象に残るオノマトペの代表的な作品です。

三鬼句は、擬音が中心の心理的な作品でこれもオノマトペです。重病で臥せっていて寝返ると、「ガバリ」と凍りつく海の音がする、死の幻影をうつしだす暗喩による秀句です。

楸邨句は、第一句集『寒雷』昭和十三年刊の中の一句。「ぴりりぴりり」とガラスに響く音は、日本の方向、自分の行く末、自分の俳句などを思い煩う作者の心を揺さぶります。寒雷がガラスをふるわす不協和音「ぴりりぴりり」の擬音に作者の心情が表れています。寒雷の響きに感応して、内面の表現を創出した楸邨の記念すべき作品。主宰誌「寒雷」の誌名はこの句に由来します。


鳥わたるこきこきこきと罐《かん》切れば　秋元不死男

雪国やはつはつはつはつ時計生き　森　澄雄
みずぷるるるぽるると芹のあはひかな　鎌倉佐弓

不死男句は、戦後の擬声語俳句の代表的な作品。罐を切る音を「こきこきこき」と擬音化した、懐かしくも寂しい音は、あたりの空気を震わします。おりから空遠く鳥が渡って行く、擬音の効果が爽涼の秋を抒情高く描き出しました。不死男にはこの他に「ライターの火のポポポポと滝涸るる」があります。

澄雄句は、「はつはつはつはつ」と擬音を重ねて、北国の夜の、重い空から降る雪の音を静かに伝え、時を刻む音と作者の胸の鼓動が聞こえて、旅愁をかき立てる抒情的なオノマトペ作品です。澄雄には「みづうみのたぶたぶの音年過ぎし」などがあります。

佐弓句は、芹の間を流れる水を「ぷるるるぽるる」と擬音を使って春の歓びを表現した作品。流れる水を見つめ耳を澄ませば、水はいろいろな音を出しています。できあいの言葉を使わないで、新しい音の発見にこの作品の成功があります。

(2) 擬態語

物事の状態や動作に似せて、それらしく表した言葉。強く光り輝く様子を「ぎらぎら」、忙しく心急くさまや、はずむ気持ちを「いそいそ」、嬉しい顔の表情を「にっこり」「にこにこ」などは擬態語で副詞です。

擬態語も、一言で内容を説明できる便利な修辞法ですが、日常会話で使用されている言葉が多いので、よく選んで使わないと類型的な平凡な作品になりやすいので注意する必要があります。単純に人の模倣をしないで、対象（素材）にふさわしい言葉を探して、適確に用いれば思わぬ秀句を得られることがある技法です。

春の海終日《ひねもす》のたりのたり哉　蕪村

雪とけてクリクリしたる月よ哉　一茶

蕪村句は、「のたりのたり」の擬態語が、春のうららかさとのどかさと、少しけだるいような様子を具現しています。擬態語によって決まった有名な句です。

一茶句は、春の月を「クリクリ」と擬態語でいって、いかにも雪国の春らしい、よろこびを表しています。一茶は当時の風流趣味を排して、事物に率直に対し、とくに動植物に親近感を持っていたので、擬人法、擬音、擬態語を用いた句が多くあります。ときに卑俗と思われる作品もありますが、俗言・擬態語などを使って庶民感情や生活の現実を詠う独自の俳風を開拓しました。

梅檀《せんだん》のほろほろ落つる二月かな　正岡子規
蛆虫《うじむし》のちむま〳〵と急ぐかな　松藤夏山
崩簗《くづれやな》ならめひよろひよろひよろひよろと　阿波野青畝

いずれも擬態語を使って成功した名句といわれている作品です。

子規句は、「ほろほろ」が擬態語です。梅檀の実が「ほろほろ」落ちる、落莫とした二月の風が感じられます。

夏山句は、絶妙な擬態語「ちむまちむま」で、蛆虫の生態を活写して、なお懸命に急ぐ蛆虫をユーモラスに表現して俳諧味があります。

青畝句は、副詞の「ひょろひょろ」を繰り返して、ほとんど擬態語だけで、崩簗のある、もの淋しい風景を描出しています。青畝には「夜業人に調帯たわたわたわたわす」のすぐれた擬態語作品があります。夜業人は残業というより夜勤の人でしょう、調帯は工場の機械のベルト。

野遊《のあそび》か塔婆かついでぞろりぞろり　平畑静塔
ひらひらと月光降りぬ貝割菜　川端茅舎
梅干してきらきらきらと千曲川　森　澄雄

いずれも視点のすぐれた擬態語作品です。

静塔句は、野遊びのように「ぞろりぞろり」と擬態語で、塔婆をかついだ葬列を詠んでいます。作者は儀礼的な葬儀よりも心のこもった自然の姿であると感じている、鋭い批評精神です。

茅舎句は、月の光のそそぐさまを「ひらひら」と擬態語で表し、さながら貝割菜が舞い上がって降ってくるようです。信仰と俳句が一体となって作られたような、茅舎の代表句です。

澄雄句は、信州の千曲川の情景を「きらきらきら」と擬態語を重ねて、鮮やかに現出しました。澄雄には「桃食ふやきらきらきらと休暇果つ」と同じ言葉を使った作品があります。擬態語ではありますが、夏の休暇中の出来事を想い、休みが終わったと感慨している心の状態を詠んだ句と思います。


オノマトペとは擬音、擬態語のことですが、猫が「にゃぁにゃぁ」なくなどという、習慣の中にしみ込んでいる言葉は使わないことです。概念化は詩の反対物ですから、慣用語を使うときでも、他の言葉との関連で新しく生きてくる言葉を選びましょう。オノマトペは音によって新しいイメージをつくり、独特の感覚を表現しなければなりません。そのためには音に対する感覚を鋭くし、言葉に対するリズム感を育て、言語の領域を絶えずひろげてゆくことです。

オノマトペは対象（素材）を凝視して、特徴をとらえ、気持ちを対象に投入すれば想像力が働いて「石がルリルリ」とか「海がムムムム」などと生命のないもののつぶやきも、叫びも聞くことができます。自然現象から現代人の複雑な心象風景まで巧みに表現することのできる独特の技法です。

イメージ（image）

イメージは心象、映像などと訳される、心に映ったものの像《かたち》のことです。

直接に見た風景や現象によらず、想像によって心に浮かびあがった映像や情景のことでありま す。イメージを形づくるのは過去に経験した記憶や連想による想像力（イマジネーション）ですが、単に経験や記憶を再生した想像ではなく、それらの機能を生かし、言葉と言葉の触れ合い、衝突によって心のなかに映像的な世界――イメージが創られます。

イメージとは心に描かれた象（かたち）のことで、雪の原野で美しいカーネーションの花を思い浮かべるとき、実際には存在しないカーネーションはイメージです。腹が減ってひもじいときにビーフステーキを心に思い浮かべるのもイメージです。イメージは人間の欲求でもあります。なにか欲しいという具体的な欲求、つまり意志です。言葉が思考の容れ物であるとすれば、イメージは心の容れ物です。

イメージという言葉は、日常生活にすっかり浸透して「明るいイメージ」とか「イメージアップ」などと毎日のように見たり聞かされています。これはたぶんに幻想（ファンシー）を、ふりまくもので、幻想とイメージは間違いやすいものですが、異質なものです。幻想は無責任にどこまでも広がっていく動物的な感情の働きでコマーシャルで主として使われます。

イメージは作者のはっきりとした意識の統制のなかで創られる知性の形象です。

イメージは万葉の時代から、作られていた譬喩歌のなかに入っていて暗喩の方法で自分の感情を表現していました。

託馬野《つくまの》に生ふる紫草《むらさき》衣に染《し》めいまだ着ずして色に出でにけり
笠女郎《かさのいらつめ》（万葉集三―三九五）

笠女郎が大伴家持に贈った相聞歌（恋歌）で「託馬野に生える紫草を衣に染めるように、あなたに心を染めて、まだ思いを遂げてもいないのに、人に知られてしまった。」という歌。「託馬野に生ふる紫草」は暗喩です。大伴家持は託馬野（近江国坂田郡、別に肥後国の説もある）あたりを旅しているのでしょう、の意。笠女郎は託馬野に行ったわけでもなく、ましてその紫草で染めた着物を着たわけでもない、託馬野と紫草と恋する人への思慕を、三重のイメージにしてこの歌を詠んだのです。

俳句はイメージの文学です。自然の景象を純粋に描くことによって、純粋なイメージで作者の思いを明確に伝えることができます。

病雁の夜寒に落ちて旅寝かな　芭蕉
此の道や行く人なしに秋の暮　〃
牡丹散て折りかさなりぬ二三片　蕪村
夕風や水青鷺の脛をうつ　〃
蟬なくやつくづく赤い風車　一茶

孑孑《ぼうふら》が天上するぞ三ヶの月　〃

芭蕉前句は、近江八景の一つ「堅田の落雁」で知られる「堅田にて」の前書があり、病の雁が夜寒に落下したという状況を、旅先で病にたおれた芭蕉自身を病雁に重ねてイメージしています。

芭蕉後句は、夕暮れの寂しい道を詠んだ大阪吟行の折の作品。妻の死や、体力の衰えも加わり、誰一人として行く人もない、秋の夕暮れの道を、ひとり歩むような寂しいイメージが、よく表れている風景。芭蕉は半年後に生涯を終えています。

蕪村前句は、散って折り重なった牡丹の花びら二、三片によって、散る前の絢爛と咲き誇った牡丹のイメージを美しく表現しました。

蕪村後句は、加茂川の清流に立つ青鷺を描いて、爽やかな初夏の夕の京都の風景を、余すところなくイメージとして表しています。

一茶前句は、亡くなった長女さとを偲んだ作品で「つくづく赤い」に亡娘を思う心情が表れています。「蝉なく」「赤い風車」には幼いころの一茶自身のイメージが重なります。

一茶後句は、ぼうふらが天上すると蚊になります。ぷらぷらと上り下りしているぼうふらは、懈怠な自分のようです。空に三ヶ月が淡く浮かんでいます。天上するぼうふらと一茶のイメージがあり、宇宙的な作品になりました。
イメージは言葉のふれあいによって創られ、心の奥深くの直接的な言葉では言い表せない世界まで、映像として示すことができる有効な技法です。俳句は短詩形のために、言外の意味を沈黙で語る必要上イメージは大切な技法となります。
イメージは使い方によって、いくつかのタイプがります。

(1) 描写的イメージ

素材を写生する、場面を描写する、見つめることによって、できるイメージです。

秋空につぶての如き一羽かな　杉田久女

言葉による瞬間的なスケッチです。飛ぶ鳥を強烈な視点で捉えて描写する、写真でいえばスナップショットのようなイメージです。「つぶて」がイメージ源です。

蟇《ひきがへる》誰かものいへ声かぎり　加藤楸邨

声かぎり喋りたい、誰かの大きな声が聞きたい、誰かと心ゆくまで話し合いたい。戦時中の言論抑圧の下で、重苦しい空気のながれるなか、真実を語れない鬱結した気持ちを、うずくまる蟇に象徴させて、イメージがかぎりなくひろがる。社会不安を蟇のイメージで詠う、蟇の描写力の確かな作品です。

物置けばすぐ影添ひて冴返る　　大野林火

「冴返る」は春の季語で、寒の戻りで身が引き締まるようなことです。日常生活の一端を平易に詠った句のようですが、「影」の点出が中心となっています。「すぐ影添ひ」が寒々としたイメージを浮かびあがらせ、春を待つ心をイメージさせます。鋭い描写力が「影」を発見してイメージ源となりました。

箒木《ははきぎ》に影といふものありにけり　　高濱虚子

忘れてならない「影」の秀句をもう一句。箒木は箒草のことで夏の季語。庭の隅に生えている帚木に「影」があったという、その影は帚木の全存在を表している、と同時にベールをかぶったような、ぼやっとした、たよりない姿と、炎天下の「影」のくっきり現れている情景が強いタッチでイメージされます。箒木を見つめ続けた作者の描写力が「影」をとらえて読者を感動させます。

泉の底に一本の匙夏了る　飯島晴子

泉の底に沈んでいる「匙」に、キャンプ場などもある避暑地のひと夏のざわめきが、イメージでくっきりと浮かび上がり、同時に晩夏の淋しさもイメージされます。一本の「匙」でひと夏のドラマを連想させる眼のたしかさ、誰にもわかる写生のやさしいイメージです。

澪標身を尽したる泣きぼくろ　中村苑子

船の澪（航路）をしるす杭を澪標《みおつくし》といいます。「身を尽し」は「澪標」にかけた言葉で、身を尽して仕えること。「泣きぼくろ」は献身的な女性のイメージです。最近まで夫に、子供に、姑に、一家のために忍従と献身を強いられて、また自らすすんで、身を尽した女性がほとんどでした。リズムよく女性のやさしさと哀しさを「泣きぼくろ」で強くイメージさせます。句のうら側に因襲に反対する、自我に目覚めた精神がひらめきます。写生句ではないようですが、横須賀の埠頭で澪標を見ながら、見送りの女性を見て出来た作品です。

(2) 連続するイメージ

ひとつのものから連続してイメージがおこること、ひと続きのイメージが連続して何ものかを象徴することです。

爛《らん》々《らん》と昼の星見え菌《きのこ》生え　高濱虚子

戦時中疎開していた長野県小諸から、鎌倉へ帰る際に俳人が集まって句会を開いた時の作品です。その時に貰った松茸が素材です。菌は秋の季語。爛々と光る「星」は天空から宇宙をイメージし、つづいて松茸から連想した「菌」は大地をイメージする壮大な幻想的作品。作者の心の象には星もきのこも見えたことでしょう。長い疎開生活からの解放も心を豊かにしていたと思います。

夏の河赤き鉄鎖のはし浸る　山口誓子

船の錨に使われるのであろう赤く塗られた太い鎖が、運河へ垂れ下がっています（作者は自解でこのように説明しています）。この夏の岸壁から極北へ向かう汽船、赤道に向かう汽船、投錨する汽船、運河を遡行する船、港の風景など、次々とイメージが連続しておこります。きわめてドライで、心を突き放した硬質な言葉と、表現ゆえでしょう。「はし浸る」がイメージ源です。

父となりしか蜥蜴とともに立ち止る　　中村草田男

蜥蜴《とかげ》は非常に敏捷な爬虫類ですが、ちょっと立ち止まって振り返って見る習性があります。はじめて父となったためらいが「蜥蜴とともに立ち止まる」にあらわれ、まだ実感の湧かない、驚きのイメージが鮮やかに現出しています。つづいて無事に吾子が誕生した快心の歓びがイメージされる。複雑な心理を「蜥蜴」の点出によって見事に描いています。

芭蕉の「初しぐれ猿も小蓑をほしげ也」は俳諧集「猿蓑」の発句ですが、宝井其角は序文で「伊賀越しける山中にて、猿に小蓑を着せて俳諧の神に入《いれ》たまひければ……」と猿の点出が成功の因をなしたと言っています。

草田男の「蜥蜴」もこれに匹敵する点出です。日常の細かな観察で蜥蜴の生態を熟知していたからでしょう。具体的な動作だけの「蜥蜴とともに立ち止まる」と詠んで、ためらいとおどろき、続いて歓びのイメージを表しています。いかに凝視が俳句にとって大切であるかの好例です。

原爆図中口あくわれも口あく寒《かん》　加藤楸邨

丸木位里・俊子夫妻の原爆図の大作を観て、口をあけている被爆者につられて自分も口をあけた。原爆の炎に焼かれる悽惨な群衆の姿が、「口あく」の繰り返しにイメージされ、さらにあまりの悲惨さに茫然としているイメージが続く。結びの「寒」に背筋のぞくぞくするような震えがイメージとして続きます。

その他に、

広島や卵喰ふとき口ひらく　西東三鬼
原爆地子がかげらうに消えゆけり　石原八束
原爆許すまじ蟹かつかつと瓦礫あゆむ　金子兜太

をはじめ、原爆を詠んだ句には、怖ろしいまでに鮮烈なイメージがあります。

一月の川一月の谷の中　飯田龍太

この作品はリフレインの項でも述べましたが、この川は屋敷内を流れる狐川です。「一月の川」で天上にある川のイメージが浮かび、「一月の谷」で谷底の渓流のイメージが続く、川が回転しているイメージです。
幼い時から渓流とともに育って、川を自分の分身のように感じ、川のことはすみずみまで悉知している体験が、具体性となって働き、日本の伝統詩には稀少な抽象的世界をつくりだしたイマジネーションでしょう。

帰り花鶴折るうちに折り殺す　赤尾兜子

帰り花が咲いている、鶴を折っていて、その鶴の首を切ってしまいました。広島の慰霊塔に吊るされた千羽鶴は悲傷のイメージです。鶴を折り殺すというイメージは呪うような平和への思いのイメージです。帰り花（狂い咲き）——折り鶴——折り殺す、と状況の変化が徐々にイメージを強烈にしました。

(3)　精神的イメージ

眼に見えないもののイメージ。愛、憎しみ、怒りなど精神的なイメージ。形而上的イメージなどです。

金剛の露ひとつぶや石の上　　川端茅舎

露といえば、消えてゆくもの、はかないものの比喩、代名詞として詩歌で詠まれています。金剛は、固い意思を表す仏教語です。石にはまれにしか露は宿らない。「金剛の露」に煩悩を超越する強い心のイメージがあり、なお「石の上」に滅多にない露の輝きがイメージされます。一粒の露が作者の宗教的世界を照らしています。

春惜むおんすがたこそとこしなへ　　水原秋櫻子

前書きに、百済観音とあり、法隆寺の百済観音だけを詠んだもの。「とこしなへ」は古語で永久、永遠のこと。長身で微笑んでいる百済観音には、春を惜しむイメージがあります。永遠に春を惜しむような「おんすがた」でいてもらいたいと祈る作者の心情が信仰心のように表現されています。同様の句に、唐招提寺の鑑真和上を詠んだ芭蕉の「若葉して御目の雫拭《ぬぐ》はばや」があります。

螢籠われに安《あん》心《じん》あらしめよ　　石田波郷

信仰により心が揺れ動かないことを仏教用語で「安心《あんじん》」と言います。また身を天命に任せ心を不動にすることを「安心立命」とも言います。長い病苦の中で安心を願う心が、螢籠に明滅するイメージとなって淡く光っています。螢は夏の景物として美しく神秘的ですが、どこか儚い感じがします。螢の光は青く冷たく、螢籠には、静かに心が休まるやさしさがありますが、願いを託すには哀しい、淋しいイメージがつきまとっております。

火はわが胸中にあり寒椿　角川春樹

りんりんと寒を彩る真赤な「寒椿」のイメージにより、俳句ばかりか、何事にも才能を発揮する作者の胸中に燃える火を連想すると、壮大な何事かを企てる炎のような気魄が、強くイメージされる直截適確な表現です。「火」と「寒椿」との衝突が強烈なイメージを沸き立たせる好例です。

以上、形而上的な、宗教をテーマとした俳句を例句としてあげましたが、心のなか（精神）だけを詠んだ俳句ほどイメージが大切です。心の屈折はイメージで表現したほうが、思ったこと、言いたいことがよく伝わります。

⑷　ダブルイメージ

これまで説明した３パターンのイメージのいくつかを重ね合わせたイメージの作用を、ダブルイメージと言います。

人体冷えて東北白い花盛り　　金子兜太

山の辛夷も、里の桜、雪柳も、果樹園の林檎、桜桃その他の花も一斉に咲く、青森県津軽の五月の白いイメージ。雪解の清澄な空気の中で働く、田圃の人影にも白く冷気が漂う。そこに冷害、凶作、飢饉、出稼ぎの繰り返された最近までの、東北地方の寒々としたイメージが重なる。なめらかなリズム感に、作者の体温のあたたかさが読み取れます。

狂ひても母乳は白し蜂光る　　平畑静塔

母体として白い乳が出るのは普通のことですが、精神を冒されて入院して、母乳を与える子供もいない。「母乳は白し」と当たり前のことを言って、当たり前だからこそ深い哀しみのイメージが湧く。蜜を求めて自由に飛びまわる蜂と対比して、哀切のイメージが倍加する。そこに精神病に対する考えのうすい現状に、院長である作者のもどかしい思いのイメージが重なります。

前生《さきしょう》の桔梗の朝に立ち昏《く》らむ　中村苑子

「前生」は生まれ出る前の世のこと、前世《ぜんせ》とも言います。朝靄の立ちこめる野で桔梗を見ると、その美しさはこの世のものとは思えず、思わず「立ち昏ら」んでしまった。「前生」から前世の女性たちの哀しみのイメージが湧き、「朝」からは桔梗を古語で朝貌《あさがお》といった、女人の朝の清々しいイメージが重なり、「立ち昏らむ」に現代女性の煩悶のイメージが重層します。匙一本、桔梗一輪でも、これだけイメージの湧く作品ができます。イマジネーションと対象を凝視することでなし得た作品です。

秋の暮大魚の骨を海が引く　西東三鬼

神奈川県葉山に住んでいた作者が、葉山海岸で砂浜にころがる魚の骨を見て作った句です。「大魚の骨を海が引く」と目を瞠るような表現に、海から生まれて海へ帰る、すべての生き物が原始へ引き戻される雄大なイメージが浮かびます。さらに世界と人間を荒廃させる地球的危機感が「秋の暮」の寂しさにイメージされます。太初から永劫に打ち寄せ引き続ける波が人類の終焉さえダブルイメージとなってうかがわせる壮大なイメージの作品です。

名句といわれる俳句の多くはイメージがはっきりと現れています。イメージは言葉と言葉の衝撃によって作られます。言葉と言葉の触れ合いと、取り合わせの微妙な変化により心象的な世界・イメージが創造されます。比喩（直喩・暗喩）を用いれば、多様なイメージを作ることができます。

俳句では情緒的な作品より、思想的な作品にイメージが多く、イメージは欲求を最もかきたてられるときに現れ、心のなかの欲求の形象化に使われます。心の底の言葉では説明できない世界まで映像として示せる技法です。

推敲・添削

(1) 推敲

推敲とは俳句・詩歌などを作るときに、字句や音節などを選び直したり替えたりして、詩句を正しく置くことです。これは俳句の言葉の正確な配置を見定め、よりよい表現を得るためのものです。推敲という言葉は、次のような中国の故事からきました。

中国の唐の時代、詩人賈島《かとう》は官吏の登用試験を受けるため、驢馬に乗って洛陽に向かいながら「李凝の幽居に題す」という詩を作っていました。はじめの三句はすらすらとできたが、次の、

鳥は宿す池辺の樹
僧は敲く（推す）月下の門

この最後の一行を、「僧は敲《たた》く」がよいか、「推《お》す」にすべきか思い悩み、迷いに迷って夢中になっているうちに賈島の驢馬は都の長官である韓愈の行列に突っ込んでしまいました。

直ちに護衛の者に捕らえられて、韓愈の前に引き出された、賈島は事の次第を包み隠さず述べて深く無礼を詫びました。韓愈は中国近世文章の祖といわれる儒者で、詩人です。しばらく考えて「それは〈敲く〉としたほうがいい」と無礼を咎めず助言してくれました。賈島と韓愈は、その縁で年齢を超えた無二の親友となりました。それから詩や文章の字句を練ることを

「推敲」というようになりました。

俳句を作るときに推敲は欠かせないものです。俳句は短詩形で、自由に言葉を使えない、一字一句でもおろそかにできません。暗示や象徴で表すので、自分にわかっても読者にわからない、ひとりよがりな表現におちいりやすいから推敲は大切です。

とくに初心者は、時を惜しまずていねいに推敲します。一句の作り始めから推敲は始め、素材の単なる描写ではなく、素材の中から感動した詩的真実を探りだす、苦心に苦心を重ねる創作過程が推敲です。美しい言葉、綺麗な言葉ばかり選ぶと、かえって真実から遠ざかり、ムードだけの句に流れてしまいます。

できあがった俳句は必ず推敲しましょう。自分の作品を自分で直す眼と、他人になって見直す眼が推敲には必要です。また直しきれなくて不満が残った作品も後日簡単に直せる場合があり、骨身を砕いて推敲した例は、俳諧の初めよりたくさんあります。いくら言葉を替えても、推敲を重ねても良くならない句は、思い切って棄ててしまいましょう。

古池や蛙飛ンだる水の音

江戸深川芭蕉庵で詠んだ句。宝井其角が上五のまだできていないのを見て「山吹や」にしたらというのを退けて、芭蕉はただちに「古池や」とした。山吹と蛙では、和歌の歌枕の取り合わせにすぎないからです。「飛ンだる」には躍動感はあるが、望んでいる静寂さがない。わび、さびを求めて推敲し「蛙飛ンだる」を「飛びこむ」と改めて、

古池や蛙飛びこむ水のおと　　芭蕉

の幽玄な蕉風樹立の句が創造されました。在来の低俗、駄洒落な俳諧にあきたらず、風雅の文学を確立した記念すべき句です。「古池や」の「や」の切れ字が沈黙の連想をよび、古池の寂然たるたたずまいが明らかになり、水の音が止んだ後、限りない静寂につつまれます。これは、聴覚の働きです。実景を描いて余韻が心のなかの奥深く響いてきます。

清滝や波に塵なき夏の月

嵯峨に籠りて、の前書あり。清滝は京都の高尾あたりを流れて大堰川（大井川）に注ぐ渓流。元禄七年六月杉山杉風書簡には「大井川浪に塵なし夏の月」と改め、さらに園女の家で詠んだ「白菊の目にたて、見る塵もなし」と紛らわしいからと推敲の理由を述べて、

清滝や波にちり込青松葉　　芭蕉

と改めた。気分や情緒など観念を一切断ち切って、実景のみを選んだ。「夏の月」の夜を昼の

景に替え、「塵なき」のまわりくどい表現を「ちり（散り）込」「青松葉」と鋭い言葉で、清滝川の渓流の実景を具体的に描いて、真実に迫る気迫の籠った客観的な作品。説明や理屈や情緒を切り捨てた推敲の好例です。

元禄七年十月九日の推敲改作で、死の三日前です。前日辞世の「旅に病《やん》で夢は枯野をかけ廻《めぐ》る」がありますが、「清滝」の句は事実上の絶筆です。

芭蕉は生涯苦心惨憺して、文字通り死ぬまで推敲を続けました。

推敲の方法として、最低限次の点に注意しましょう。

1、自分の思うこと、言いたいことが表現されているか。
2、五・七・五の十七音節になっているか。
3、季語は生かされているか、切れ字は適切か。
4、用語はぴったりとしているか、文法上の誤りはないか。
5、リズム感はよいか、調べと響きは良好か。
6、詩情はあるか、余韻がただようか。

身やいつの長良《ながら》の鵜舟曽《かつ》て見き

安永五年五月の手紙に見える句ですが、同年の句稿では次のように推敲しています。

夜やいつの長良の鵜舟曽て見し　蕪村

いつか自分は長良川の鵜舟を以前《まえ》に見た。見「き」は助動詞の過去の終止形で「見た」ことです。それを推敲して、いつかの夜長良川の鵜舟を見たことだ、と見「し」の過去の連体形で詠嘆を表し、「夜や」と替えて情景を具体的に示しています。

我と来て遊ぶや親のない雀

母親を亡くし、継母にうとんじられた幼時を思い出して詠んだ句。文化十一年、五十二歳の作。これを文政二年五十七歳の句文集『おらが春』では、

我と来て遊べや親のない雀　一茶

と推敲して終止形の「遊ぶ」を命令形の「遊べ」に改めました。「遊ぶ」では自分と遊んでいる親のない雀となり「や」は軽い詠嘆にとどまります。「遊べ」に改めると、親のない雀に自分と遊ぼうよ、と積極的に呼びかけて、子雀に心情を託した孤児の淋しさが滲み出てきます。たった一字の推敲がいかに大切か、という好例です。

一茶は、言葉がすり切れるほど推敲と改作をくりかえしました。

次は飯田蛇笏の代表句、

①折りとりてはらりとおもき芒かな

②折りとりてはらりとおもきすすきかな

③をりとりてはらりとおもきすすきかな　　飯田蛇笏

②で下五の「芒」を平がなに替え、③では全部平がなに替えて、だんだんと、折りとったすすきらしく変わっていく過程がよくわかります。

苦心して作った俳句が、なにかものたりない、しかし直し方がわからないというときは、芭蕉の「句のととのはずんば舌頭千転せよ」という訓《おし》えのとおり、何度も読み返し、吟誦してみると不満のところや疑問点がわかってくる場合があります。

次に『現代俳句文学全集』の「飯田蛇笏集」から、推敲実例の一部を引例させて貰います。

推敲と実例（二）

夏雲むるるこの峡中に死ぬるかな

これは、たまたま廬後（山炉と呼ばれる住居の後）の高台を散歩していた際、つよく心に湧いた感激を俳句として表現しようとしたものであるが、ちょうど盛夏のさなかで、北方大菩薩嶺の空には最も多く夏雲がむらがり、東方春日山一帯の山脈の空にも、銀光をはなつ雲が幾つとなく聳《そび》え立っている、その眩惑《げんわく》するような中にあって、暑さをさほど暑いとも感ぜず、「嗚呼《ああ》ここで、この峡中のふるさとで結局死ぬのか」と思った。そこで、

この峡中に死ぬるかな

とだけ出来た。これはこれでどうしようもない絶体絶命という感じで出来上がった字句だけれども、さて上五の「夏雲」が対象であることは動じがたい。しかし、

夏の雲この峡中に死ぬるかな

では、夏雲そのものが峡中において死ぬる、という風に字句の上で解するとすれば解されもする。それはしかし常識的に作者そのものが死ぬのだと解してもらえるとしたところで、いかにも片々として軽く、重量感がない。死ということを感ずるほどのこの場面に力が足らな過ぎる。とすれば、全く致命的な失敗である。しからば、

夏雲やこの峡中に死ぬる身の

こうなってくると、たとえ「や」の切れ字を有し、いくぶんか韻文的風格を帯びるらしい感じをもつものの、座五に至って、全く散文の一断片と択ぶところはなくなるのである。そうかといって、

死ぬる我

とすれば、しらべは整うにしても、余りに説明的で、余情的響きはほとんど喪失してしまうのである。炎昼、眩惑を感ずるほどの、夏雲群らがる高台に立って、この強い感じを表そうとするには、あくまで対象の事実を生かすべきだ、考えぬいた揚句、

夏雲むるる

と、字余りをあえてしてとにかく一応落着きを得た気持ちであったことが記憶に残存する。

推敲に苦心惨憺するのは著名俳人の方が多い。蛇笏も全精神をこめて推敲しています。推敲は俳句つくりの要（中心）と心得てください。

(2) 添削

俳句作品の足りないところを添えて、いらないところを削って直すことを添削といいます。

句会などで指導者（主宰者・先生）が門下生の作品を改めて、よりよい作品にすることです。主として俳句の作り方が未熟で、推敲が十分にできない初心者のために先生が添削します。推敲の最後の仕上げともいえます。

創作作品に他者が手を加えるなどは僭越であるという意見もありますが、俳句づくりのルールを知らない初心者に添削は必要な指導方法です。通信添削で勉強している人もいます。添削を受ける者は先生まかせでなく、自分の作品は自分で推敲に推敲を重ねて提出します。それによって添削された箇所の意味がよくわかるようになります。添削はする人とされる人の信頼関係が大切です。

先生の添削された句と、原句を見比べて納得するまで、くりかえし読んで理解しましょう。添削は作者自身が最もよくわかっている自分の句について、具体的に手直しをして貰うのだから、他人の批評を聞くより理解しやすく作句の勉強に有効な方法です。次に添削実例を紹介します。まったくの初心者の句の添削です。

添削実例

原句　春の朝かたこと鳴きに雀の子

添削　子雀の片言鳴きや春の朝

チュンチュンとおさな子の片言のように鳴いている子雀たちの可愛らしさ。春の早朝の感じが伝わってきます。原句「かたこと」はどうでしょうか。音をたてているようにも受け取られそうなので「片言鳴き」と漢字で書きましょう。作者の素直な感動が伝わって季重なりが気にならないかと思います。

原句　ペダル踏み川辺へ下りて春惜しむ

添削　ペダル踏み下りる川辺や春惜しむ

感動の中心が見えにくい句になっていますが、中七の表現に韻をふくませ「や」の切れ字で抒情を表現してみましょう。

原句　女房を頼み春眠日もすがら

添削　山笑ふ妻に向けてる寝相の足

俳句というか、川柳というか面白い句ですね。「女房を頼み」のわかりにくい上五から直すべきでしょう。

原句　うららかに母を囲みて花見酒

添削　手拍子の母を囲みて花見酒

「うららか」「花見」は季重なりになります。上五を直してお花見の一景を鮮明にしてみましょう。

原句　海に沿い人連なりて炎天下

添削　波に沿い人連なりて炎天下

炎天下の汀線に水着の人混みが見えます。「海」を「波」に直したことで海水浴のざわめきが波のように聞こえてきます。

原句　柏餅食べて柏葉ひろげたり

添削　柏餅食べて柏葉たたみおり

五月の節句、柏餅を賞味のあと、「ごちそうさま」と言いながら柏葉をたたんでいる指先の品のよさ。俳句としてはこちらのほうがふさわしいのではないでしょうか。

原句　ひとりする碁石黒白《こくびゃく》ひやびやと

添削　ひとり囲碁石の黒白冷えびえと

名人をめざしてひとりで研究されているのでしょう。ただし「ひとりする」の「する」はいかにも表現が平板ですね。省略しましょう。

原句　貧乏と長いつきあひ菊の花

添削　貧乏も長いつきあひ菊の花

猫の額のような路地家の庭に菊づくり、隣近所とも長い付き合いですが、いってみれば貧乏とも長い付き合いですよ。上五の「と」の直截性を「も」として離し、その空間に抒情を求めてみましょう。

原句　信濃路の日当たる寺に福寿草

添削　信濃路や寺の日溜り福寿草

風土や歴史にふれた旅吟でしょう。切れ字を使いリズムよくさわやかに詠ってみましょう。

以上、いくつかの例を挙げましたが、添削に関しては小社刊『ポイント別俳句添削講座』原雅子著でより詳しく解説しておりますので、併読をお薦めいたします。

挨拶句の作り方

挨拶は俳句固有の方法です。存問ともいいます。

五月雨を集めて涼し最上川　　芭蕉

元禄二年、奥の細道の旅中、日和待ちで滞在した出羽（山形県）の大石田、高野一栄のところで催した（求めに応じて巻いた）両吟歌仙の発句です。

「涼し」は連日のあたたかいもてなしに感謝の意をこめた挨拶句です。後に、「涼し」では最上川の奔流する大河の感動が湧き上がってこないので、「涼し」を「早し」と改めました。

高浜虚子は存問（挨拶）の句として、

彼一語我一語秋深みかも　　高濱虚子

などを並べて、「四季の自然、人間に対する私の存問である」と言っております。

挨拶句には、お祝いのときに贈る「慶祝句」と、お悔やみのときに贈る「追悼句」がありま す。その他病気見舞や暑中・寒中見舞、災害見舞もあります。年賀はがきや旅先などでも文末に一句したためたいものです。

(1) お悔やみの句

追悼句は、悲しみの感情が昂揚しますから、悲哀を抑制してその人の死を心より悼むことが大切です。

親友で俳句の師匠格だった正岡子規の訃報をロンドンで聞いた夏目漱石は、

筒袖や秋の柩にしたがわず　　夏目漱石

手向くべき線香もなくて暮の秋　　〃

他三句、悲しみにつらぬかれた句を作りました。

明治三五年(九月十九日未明子規逝く。前日より枕頭にあり。碧梧桐、鼠骨に其死を報ずべく門を出ずれば陰暦十七日の月明かなり)と前書がある、弟子の高濱虚子の句は、

子規逝くや十七日の月明に　高濱虚子

昭和二年、（芥川龍之介氏の長逝を深悼す）と前書をして、飯田蛇笏は、

たましひのたとへば秋のほたる哉　飯田蛇笏

と詠んで、文学の友、芥川龍之介に哀切の情を表しています。
明治二八年、自殺した藤野古白を思い出して同年子規は、

春の夜のそこ行くは誰《た》そ行くは誰そ　正岡子規

と年下の盟友であり徒弟である古白を偲んでいます。
虚子は古白の一周忌に、

永き日を君あくびでもしてゐるか　高濱虚子

とさりげなく詠んでいます。子規のリフレインが情に迫っているのに対し、虚子は軽く詠んで、かえって追悼の情が深く感じられます。同時作（古白自ら刃を加ふ。其一周忌）の前書で、

落花叩けども〳〵未だおき出でず　高濱虚子

と詠嘆しています。また、幼年より親友であり、後に仲違いした河東碧梧桐の死に、

たとふれば独楽のはぢける如くなり　高濱虚子

複雑な心情を独楽遊びの比喩で巧みに詠っています。

川端茅舎への追悼句は、

示寂すといふ言葉あり朴散華　高濱虚子

正午の露消え行進曲鳴り響き　中村草田男

寂光の葎にかへる夏露一顆　加藤楸邨

虚子は句の中に「朴散華」と茅舎の句中の言葉を入れ、草田男と楸邨は、茅舎の戒名「青露院」の一字と、露の茅舎といわれるほど露の作品が多かったので、露の字を入れ、さらに楸邨は「寂光」「葎」など茅舎の秀句からとって悼んでいます。

松本たかしは、「昭和十六年七月十七日の午後、たまたま大森の旗亭（蟹料理屋）に人々と会食せる席上に茅舎の訃報到る　五句」と詞あり、

蟹二つ食うて茅舎を哭しけり　　松本たかし

最初の一句だけあげましたが、五句とも感情が迫りすぎた句のようです。また、「あふひ夫人逝去数日後、霊前に於ける追悼句会にて　三句」と詞ある句は、

その日よりなほ花冷のつづきをり　　松本たかし
花辛夷人なつかしく咲きにけり　　〃
木蓮の花間を落ちて来たる雨　　〃

数日経っている故か、感情をおさえこんで、真情の深くしみでた見事な追悼句です。

飯田龍太は、「昭和三十一年九月十日　急性小児麻痺のため病臥一夜にして六歳になる次女純子を失ふ　四句」と詞あり、

露の土踏んで脚透くおもひあり　　飯田龍太
花かげに秋夜目覚める子の遺影　　〃
抱かれ来て亡き姉の辺に置く林檎　　〃
父母を呼ぶごとく夕鵙墓に揺れ　　〃

悲嘆を抑制して、かえって哀切の情を感じさせます。
自分の子を悼む句から、他の人を悼む句は、川端京子さんの急逝を悲しむ三句。

襟ことに白きおもひの闇寒し　　飯田龍太
大原のみぞれの夜も常の笑み　　〃
白菊の魂とぶ寒の月明り　　〃

情におぼれず、言葉を選んで、悼む心が十分に表れて、読む者に哀切な感動を与えます。
太平洋戦争中に出征を送る句も、戦死を悼む句も、非常に多かった筈ですが発表されているのは、あまり多くありません。当時として出征を送ることは、本心では悼むことと同じことでした。

親一人小一人螢光りけり　　久保田万太郎

耕一、応召の前書きあり、万太郎は虚子と並んで贈答句の名手でした。

来る花も来る花も菊のみぞれつゝ　　久保田万太郎
あきくさをごつたにつかね供へけり　　〃

露の世の空のしらみて来りけり　久保田万太郎

一句目は、妻死去の前書きがあります。哀切の情がにじみます。二句目は、戦死した文学座の友田恭助への哀悼が、大雑把の句にかえって表れています。三句目は、万太郎の師匠で劇作家の泉鏡花の、通夜の明け方の句、悲哀感のリズムが読む者の心に迫ります。

加藤楸邨は戦時下の追悼句を多く残しました。戦争初期の句は、

この夜冴え銀漢を見しが相別る　加藤楸邨
凍道やむかし防人に歌ありき　〃
軍用車雷青き野に見たり忘れず　〃
髯のびて秋刀魚啖へり我は街に　〃
遺孤五人冬の松籟をかぶりたつ　〃

一句目、武笠美人蕉氏出征の前書。二句目、中西香夢氏出征の前書。三句目、戦死した知人に贈った句。四句目は一句目の武笠氏の戦死に贈った句。五句目、武笠氏の遺児で孤児となった五人の子供が、村葬に参加して浅間颪のなかに立ちすくんでいる姿を詠んだ句。

戦争中後期の句は、

凩の顔まつたく見えぬまで立ちぬ　加藤楸邨
立ち摑む冬木の梢の星降《お》り来《こ》　〃
貧交や寒鮒の目のいきいきと　〃
冬鵙のしづかなる目を持てりけむ　〃
幾人をこの火鉢より送りけむ　〃

四句目まではそれぞれ、福家愛、中野弘一、青地秀二、永井皐太郎征くの前書があります。五句目は作者自身の述懐で、何人送ったことかといっています。その他、安東次男、石田波郷、佐々木母屋、金子兜太、沢木欣一などを送る句も詠んでいます。現代俳句を担う多数の俳人が出征し、傷つき、戦死しております。生きて還った者の心に戦争体験は深く沈んで、俳句に大きな影響を及ぼしていることでしょう。

お悔やみの句を作る注意点をあげておきます。

①心よりその人を悼むため、心をこめて作る。
②死・泣く・悲哀・葬儀に関わる言葉・故人の氏名は使わない。
③感情はできる限り抑えて作る。
④風景や動植物などに託して注意深く思いを詠む。

(2) お祝いの句

お祝いの句は、寿《ことほ》ぎの句ともいいます。まず、一番大きなお祝いは個人なら結婚でしょう。人が生まれてからずっとお祝いはついてまわります。誕生、七五三、入園、入学、卒業、就職、結婚、栄転、句集上梓、還暦、古稀、喜寿、米寿、その他新築、開業、叙勲などずいぶんとあります。お祝いの句は、大げさな言葉、お世辞は使わないで、素直に作ることです。

二女立子、星野吉人に嫁す

ぼうたんや神二柱影さして　高濱虚子

誓子新婚

野路ゆけば野菊を摘んで相かざす　〃

佐藤眉峰結婚（昭和四年）

而《しか》うして蠅叩きさへ新しき　〃

虚子はお祝い句の名人です。その人たちの名前はもちろん、結婚のケの字もいっていません。

文子結婚五句

春燈や衣桁に明日の晴の帯　富安風生

金屏の前に新婦の父としわれ　〃

かにかくにけふを終へたる夕桜　〃

ほっとして何となけれど春夕べ　〃

春昼のふとうつろなる草の庵　〃

息女の結婚は、男親としては複雑な気持ちであるが、安心すると同時に、うつろな、胸に穴のあいたような気持ちになります。その気持がよく表れています。

吉田安嬉子と結婚　三句

露草の露ひかりいづまことかな　石田波郷

新《にひ》娶《めとり》まさをき梅雨の旅路かな　〃

露草の玻璃十薬の白繁り合へ　〃

自分の結婚を詠んだ句は、照れくさいのかあまり詠まれていません。そのなかで波郷は大真面目で詠んでいます。「新娶」以外は直接的な言葉はなく、控えめな表現に好感が持てます。

田川飛旅子、好配信子を得たまふを賀す

草萌ゆるひたすらなれや爆音下　加藤楸邨

宇治山田にて小西甚一の結婚に

鈴鹿嶺の南に春の障子かな　〃

茂木楚秋郷里にて結婚、はるかに

啓蟄やけふ安蘇山《あそやま》に雲立たむ　〃

三句ともに、物質欠乏の戦争末期の結婚であるが、言葉は穏やかで、一句目は「爆音下」、二句目は「鈴鹿嶺」、三句目は「安蘇山」と縁語が入っていて、心より結婚を祝福しています。

はろかより朝蜩や何につづく　加藤楸邨

「兜太トラック島に健在の報あり」の前書があり、金子兜太がトラック島で生きていたことは何よりの喜びで、慶祝の句です。

紅梅のこの真盛りの子を抱かな　中村汀女

朝の坂夜の坂今宵卒業す　〃

前の句は、「三穂子さん誕生」の前書あり。早春の明るさが紅梅の明るさと響き合って、誕生の喜びを伝えます。後の句は、「渡辺蓉子氏フェリスを了ゆ」の前書あり。学舎までの急な坂を登り降りしてよく頑張りましたね、と賞賛しています。何の装飾もない素朴な言葉に心情がこもります。

自分で自分を祝うことは難しいことですが、虚子と万太郎は自分の還暦を祝っております。

還暦の春や昔の男なる　高濱虚子

着ぶくれのおろかなる影曳くを恥づ　久保田万太郎

二人の性格の違いがわかって面白い。

虚子先生誕生日祝賀

畑の梅白きをもつて寿となさむ　富安風生

虚子先生古稀祝賀会

冬日かげ願ひのままに濃き日かな　松本たかし

虚子先生喜寿賀宴　二句

喜寿艶と解きし心は春の風　富安風生

居給へば起たせ給へば春の風　〃

虚子先生文化勲章を受けられ初波会にて祝賀会

紅葉の賀わたしら火鉢あつても無くても　阿波野青畝

虚子に対する弟子たちのお祝いの句です。一句目は、少しお祝いの言葉がついています。二句目は、つかずはなれずが丁度いい。三、四句目は形がちょっと古いようです。五句目は、日常語で「あつても無くても」といい、実際火鉢が足らなかった。具体的でお祝いの情がこもっていて、最高の寿ぎの句とされています。

最後に、お祝いの句を作るのに最低限の注意をあげておきます。

①心をこめて、さり気なく素直に作る。

②お世辞、阿諛追従《あゆついしょう》になることを避ける。

③美辞麗句、装飾的な言葉は用いない。

④お祝いの内容につかずはなれず、ほどほどが大切。

⑤氏名・喜び・祝い・慶祝の式典などに関わる言葉は使わない。

⑥自然や動植物に託して詠み、季語にも留意する。

以上の他に喜びを句の中に直に表さない、推敲は慎重に、慣用語は使わない、などいままで本書で述べたことを守って作ることは、挨拶句の場合でも同じです。

本書は一九九二年刊行の俳句技法入門（俳句技法編集委員会編著）を改定、再編集したものです。

俳句技法入門〈新版〉

2016年1月25日　第1刷発行
2020年12月5日　第3刷発行

編　著　飯塚書店編集部
発行者　飯塚行男
印刷・製本　モリモト印刷株式会社

株式会社 飯塚書店
〒112-0002 東京都文京区小石川5-16-4
TEL03-3815-3805　FAX03-3815-3810
http://izbooks.co.jp
郵便振替00130-6-13014

ISBN978-4-7522-2077-0
Printed in Japan